在黎明灰色的山脊上

中国诗歌学会2022年度诗选

欧阳江河 主编

广西师范大学出版社
·桂林·

在黎明灰色的山脊上
ZAI LIMING HUISE DE SHANJI SHANG

图书在版编目（CIP）数据

在黎明灰色的山脊上：中国诗歌学会2022年度诗选／欧阳江河主编. --桂林：广西师范大学出版社，2023.10
ISBN 978-7-5598-6340-9

Ⅰ．①在… Ⅱ．①欧… Ⅲ．①诗集－中国－当代 Ⅳ．①I227

中国国家版本馆CIP数据核字（2023）第165238号

广西师范大学出版社出版发行
　广西桂林市五里店路9号　　邮政编码：541004
　　网址：http://www.bbtpress.com
出版人：黄轩庄
全国新华书店经销
广西民族印刷包装集团有限公司印刷
　南宁市高新区高新三路1号　邮政编码：530007
开本：880 mm×1 230 mm　1/32
印张：13.5　　　字数：100千
2023年10月第1版　　2023年10月第1次印刷
印数：0 001~5 000册　定价：48.00元

如发现印装质量问题，影响阅读，请与出版社发行部门联系调换。

目录

A	阿 麦	橘子	003
	艾 子	端午节读《离骚》	004
	安 琪	诗与诗	006

B	柏 桦	帽子	009
	包文源	瀑布	013
	北 琪	脚印	015
	薄 暮	《水浒》别传	016

C	蔡岩峣	祥林的儿子	021
	陈 仓	石头	023
	陈陈相因	亮的事	024
	陈东东	扬州	026
		青岛	028
	陈先发	霜降七段：过古临涣忆嵇康	031
	陈亚平	苏轼漫游赤壁	037
	陈雅宣	望花	039

D	大　解	恍若浮云	043
		三江叹月	044
	戴潍娜	雪落在前门	045
	丁小炜	开饭店的表弟	047
	杜绿绿	游园	049
	段诗霖	春潮	052

F	范展赫	民俗学观察	055
	冯　晏	依次还原植物的我	056
	甫跃辉	摸黑	058

G	刚杰·索木东	化石	061
	高建刚	暴雨的高速路	062
	高世现	前去朝圣	064
	龚学敏	冬日天桥遇僧记	066
	孤　城	雪盛满桃花的杯盏	068
	古　冈	废铁的天空	069
	古司拨铺	隐者	071
	谷　禾	一座树林	073
	关晶晶	那棵	075
	郭新民	还有什么要坠落	076

H	海男	从火车到麦地到滚滚烟火境遇（组诗节选）	*081*
	韩博	酸庙	*084*
	韩东	房子	*086*
		月圆之夜	*088*
	汉江	脱困	*089*
	何向阳	松针	*090*
	贺泽岚	霞光之下	*093*
	胡亮	易碎品	*094*
	胡桑	上海进化论	*095*
	胡弦	舞者	*098*
		月亮	*100*
	华海	进入一棵树的距离与冥想	*102*
	黄梵	偏头痛	*104*
	黄礼孩	平行花园	*106*
J	吉狄马加	寻找部落的诗人	*109*
		梦与现实的真实	*113*
	冀秀成	时间倒流	*115*
	嘉励	女艺术家	*117*
	贾浅浅	雨	*119*
	江离	一只刺猬	*121*
	江汀	外公	*123*
	江雪	无名的往昔	*125*

	江耀进	从乡村来的歌手	*126*
	姜念光	生日书	*128*
	金铃子	辛丑夏,过永川古县衙记	*129*
	金 勇	卡拉旗小镇	*131*
	敬文东	凋零	*132*

L	蓝 蓝	敦煌日记之第332窟	*137*
		敦煌日记之第85窟	*139*
	李 瑾	独居	*142*
	李爱莲	贺兰山下	*143*
	李成恩	画荷	*144*
	李海洲	夏天的少年们走过冬天	*146*
	李建春	放开之后的喜鹊	*148*
	李 强	老街	*150*
	李少君	来雁塔之问	*152*
	李舒杨	春天,拒绝叙事的喷泉	*153*
	李 晓	去老屋吃蟹	*155*
	李郁葱	兽钮	*158*
	李元胜	日常课	*160*
		仰俯之间	*161*
	李 壮	啄木鸟,你……	*162*
	梁 平	粮食问题	*165*
		书院西街	*167*
	梁鸿鹰	无名诗人	*168*

梁积林	在博雅尔草原遇雨	*170*
梁小曼	甲虫	*172*
廖志理	河口黄昏	*174*
刘　苏	无题	*175*
刘向东	大老鹰	*176*
刘秀玲	雪	*179*
卢卫平	不明之物	*180*
鲁若迪基	天井寨	*182*
鲁　橹	山顶	*183*
陆　健	得闲读好诗	*184*
路　也	临黄河的客栈	*186*
罗德远	我从未与生活为敌	*188*
罗鹿鸣	巴音河之恋	*189*
吕布布	长安	*190*
吕　约	杀神经	*192*

M

马铃薯兄弟	一个画家	*197*
马文秀	羊皮筏子	*198*
马　叙	云中之羊	*200*
马知遥	暮色的秋天满载而归	*201*
毛青豹	山丹军马场	*202*
米　夏	雨石山	*203*
旻　旻	我的爱又叫作安静	*204*
缪克构	出海口	*205*

	姆 斯	春假	206
	木 叶	论一只蚊子的溺亡	208
	慕 白	回家的路还很长	209
N	娜仁琪琪格	仰望	213
	倪湛舸	重要的事	214
	聂 沛	因无限渺小	215
P	蒲小林	白水河瀑布	219
Q	伽 蓝	压肉	223
R	荣 荣	如果阳光在轰鸣	229
S	沈 苇	格鲁吉亚电影	233
		布罗茨基的拥抱	235
	筱 维	仙人冢	237
	树 才	暂寄	239
	铄 城	窗外	240
	宋德丽	翅膀丈量海拔高度	241

	苏奇飞	存在即异乡	*242*
	孙 思	月亮	*243*
	孙文波	夏天辩	*244*
		焚烧落叶	*246*

T	谈雅丽	独自前往银河系	*251*
	汤养宗	一愣	*253*
		幽香	*254*
	唐晓渡	一次止于腹稿的发言	*256*
	田 禾	上河的月亮	*259*
	田 原	岛与湖	*261*
	凸 凹	灯笼花诗	*263*

W	汪 岚	桃花属于人间	*267*
	王爱红	像一道闪电	*268*
	王二冬	八月的最后一个夜晚	*271*
	王 峰	最醒觉的明亮	*273*
	王夫刚	云层之上	*275*
	王家新	在别列杰尔金诺公墓	*277*
		海魂衫：纪念一位诗人	*279*
	王鸣久	蜂鸟很小	*281*
	王年军	给米沃什	*282*

	王 璞	抒情：我改主意了	284
	王 山	空镜头	285
	王小妮	开花的凤凰树	287
		在海边	288
	王学芯	倾向的问题	289
	王自亮	静物	291
	吴 个	季夏即景	292
	吴少东	通讯录	294
	吴小虫	正反	296
	吴颖丽	微小的事物	297
X	西 川	内部	301
		我欲言又止	303
	萧开愚	市井三首	305
	潇 潇	冷泉	308
	谢克强	在长沙，听天河二号心跳	309
	徐兆寿	再慢一些	311
	徐南鹏	一天	315
	徐 源	父亲	316
Y	亚 楠	尘土的秘密	319
	言 若	文学生	321
	雁 西	春天的心动不需要理由	323

	杨碧薇	交河来信	325
	杨不寒	扁舟过瞿塘	327
	杨禾语	圣女果	328
	杨　键	一根水草	330
		奔拉	331
	杨　克	非必要	332
	杨　蒙	时间里的故事	334
	杨庆祥	水像时代来临之前	335
	杨廷成	放生羊	337
	姚　辉	晨曦变奏	339
	一　度	短暂	341
	荫丽娟	蒲公英	342
	幽林石子	海子墓前	343
	于　坚	洛阳	344
		访波塞冬神庙	345
	于潇晗	湖心亭看雪	348
	宇　向	泥塑	349
	雨　田	烟雨或麦积山	351
	育　邦	钉马掌	352
Z	臧　棣	土星疗法协会	357
		银貂	359
	臧思佳	抱住时间的人	361
	扎西才让	年轻的代价	363

翟永明	去莱斯波斯岛	365
	久负盛名和小确幸	369
张定浩	异乡记	371
张铎瀚	十一月	377
张二棍	皮影戏	378
张高峰	在兰州	379
张敏华	在人间，月亮不只是月亮	381
张石然	学车记	382
张 战	在沱江与长江交汇处	384
张执浩	每一次告别都是阳关三叠	386
	月亮越来越远了	388
赵汗青	1997年冬，赵汗青致卞之琳	389
赵丽宏	致未来	393
赵茂宇	英雄	397
赵雪松	在树林里	398
赵 野	读陈子昂	400
郑德宏	水牛图	405
周庆荣	隧道	407
周瑟瑟	桂花树下	408
朱 朱	宾夕法尼亚煤镇	410
	旅馆房间	412
茱 萸	黎里访吴琼仙遗迹	413
子非花	独坐之二	416

A

阿麦

橘子

三轮车上
拉着秋天　小摊贩的吆喝
天高云淡　鸟鸣和炊烟一起飘远
我们习惯了小声说话
行走在小径上

太阳照着小师傅的脸
——黝黑　漠然　焦急……
广通河注入洮河　波光诡异
我剥开一个最小的橘子　放进嘴里
味道酸涩
而我早已习惯了生活的酸涩
剥皮抽茎的日子

剩下的黄金
我将分赠给他们：
我的故乡　和秋天的虫鸣

艾子

端午节读《离骚》

五月初五,在南方以南
太阳的直射点正好落在《离骚》上
风代替我的手指
翻开了楚国、一个诗人的内心史

我以艾草沐浴,身披荷花罗纱
心有戚戚走过第一乐章
众芳芜秽,几度流放
树蕙百亩又如何
早晨进谏,晚上丢官
我在他背后感叹——
理想很丰满,现实很骨感

如果我是宓妃
必会把他留在春宫
世人把他看成政治家

理想的殉难者，而我看到他

贵若仙翁，端坐《楚辞》之上

洲畔采摘宿莽润德润身

晨饮花露，夕餐落英

娇贵而脆弱的香气

回到人间

作甚？

乱曰：已矣哉！

南方以南，临近午时

苍龙七宿泻金流火

巨龙腾至正南中天

汨罗江面显现数百行诗句

浩浩荡荡，不见端绪

正是屈原的《离骚》

安琪

诗与诗

诗的距离
太远固然不好,太近
也不行。必须在恰到好处处停下
微微闻得见喘息,和体香,好比
爱情
止于初见一刹那,心动于毫无防备
一本书刚刚翻开便跳出刺你心扉的
一个字
突然不舍读下去,更不舍读完
诗
与诗的距离,不可落笔,只止于
灵魂出窍的瞬刻

B

柏桦

帽子

请原谅我,世界的妇女
在这里我不谈论你们的帽子
因帽子提供漂亮(如公主帽)
又拒绝漂亮(如太婆帽)。
请原谅我,诗人聂鲁达,
我也不会谈论"你去秋的神情,
你戴着灰色的贝雷帽,心绪平静"。
请原谅我,戴笠将军
没有一个戴斗笠帽的人比你更黑,
当然也没有人比你更白。
帽子!我认识一个人宁肯不性交
也不脱下他那战士的帽子。
帽子,你不要戴帽子——
尤其是那1966年的高帽子
否则你就会把丑出尽。
任何人戴帽子都是在冒险,

唯有头部有病的人除外。
那何为得体的戴帽人呢?
在工地上戴着安全帽工作的工人。
顺势可知:行业帽可以戴,
如护士帽,但条件是你必须是护士。
鸭舌帽呢,如果你是个或想当个特务。
空军帽呢,倘若你的确是个空军。
(周总理,你看我像不像空军?)
干部帽呢? 20世纪50年代,人人都戴,
但人人并不都是干部。
请问戴帽还有什么遗憾?
遗憾的是一年四季,他戴个绒帽子,
从侧面看过去像个老太婆。
遗憾的是这个世界并无艺术帽,
所以戴帽的艺术家都是假的。
那戴着一截牛仔裤帽子的顾城呢
他假不假,这里不讨论
吸烟帽呢?!你见过吗?
我见过日本军人的帽子顶部尖窄
后面靠近双耳的地方耷拉两片布,
怪诞似猪耳,但也颇有喜剧感。
那老人头上扣着一顶小蓝呢帽子,
多像一枚椭圆的蛋。

"一滴水给小蝰蛇戴上帽子"!

请读勒内·夏尔《小蝰蛇》

一种装怪的帽子:软木盔形帽。

好了,不再说了,帽子在哪里出现

死亡也就跟随在哪里出现

帽子温暖了行刑者的头

也温暖了死刑犯的头

而谁又会从不戴帽子呢?

死神、冥府渡神、时间老人

我看未必,也有戴兜帽的

食尸者(Death Eaters)必戴兜帽

死神在电影《第七封印》里

戴着兜帽下国际象棋……

(在此宕开一笔:三K党戴着兜帽

漫威动画的反派角色戴着兜帽

绝地武士、忍者戴着兜帽

黑衣修士、牧师戴着兜帽

法官、检察官等戴着兜帽

运动员、冲浪者、摇滚歌手

嘻哈歌手、歌剧男高音

涂鸦画家等戴着兜帽

连布什总统也戴着兜帽

我想不出还有什么人不戴)

谁说帽子对尸体毫无作用?
在中国,尸体无论男女老幼
火化时都戴着一顶帽子

包文源

瀑布

你吃着妖精的死讯

学习今天的生物课

讲人需要失去多少升血液

那时相应产生的感觉

你计算着每一秒钟

姥姥从瀑布坠落时的身体感受、心理活动

最像她的哪一首诗呢?

你在地质学教科书上的一页巨大悬崖图片

用放大镜看到月光下在上面攀爬的姥姥

你摸索着黑夜的肋骨

一根根细数

数到第一千根

教室窗外落下无数具人体

如鲜花般爆裂

殖民地的反抗军将他们的国民作为无数炮弹

把每个人朝向你的家乡发射出去

灭族仇人咬下来你名字上的一块印记

酷刑是语言的代施者

一个孤独的王国所创造的新的语言、文学、故事

北琪

脚印

看不到飞禽的踪迹
就去雪地里寻找狼群的下落
有黑夜作掩护,有星光指路

我庆幸,自己第一个踏入
这片无人涉足的土地

我在雪地上,留下一串深深浅浅的脚印

或许,在这场大雪下面
有无数脚印,已被雪白和苍茫覆盖,或许
我的脚印也将被另一场大雪
抹去

薄暮

《水浒》别传

重读《水浒》,因老之将至
而未至
提条朴刀,半生旧事打成一个包袱
往白云生处落草

沿途酒旗一一看过:
小二,来两斤牛肉,筛一壶好酒
这一声,竟吓自己一跳

满面酡红。上山如登天
且席地暂歇。忽地
一只大虫自习习风中扑剌剌飞腾
顿时毛发悚然
我不是武松,也不是宋江
根本就是吴用——
刚刚摸到刀柄,陡然惊醒

唯见山川有序，朗月在天，溪流如琴

远眺山中有灯光飘摇
一路瑟瑟而至
轻叩树影，门开
一中年束发宽袍，稽首，相邀
与我谈坐忘，谈禅机，谈澹台，谈灭明
——这等说起来，且待洒家伸伸脚

晨光熹微，更有早行人
三五成群，拍照、呼喊、嬉戏
从他们中间穿过
行至山顶，大汗淋漓
时月白风清，徙倚白杨下
放下朴刀，卸下包袱，解下斗篷挂在枝杈

——突然想
这一身装扮，刚才
不仅无一人诧异
甚而无一人看见
鬼耶人耶？我亦人耶鬼耶
须臾，红日东升，万物光明

C

蔡岩峣

祥林的儿子

他把它砸成一个瘸子

歪歪扭扭地,钉不进窗框

但总算把尼龙纱笼住了

泡钉长而窄,图钉短而宽

他分不清楚这些

泡一壶茶,开始模仿着喝

没有人在家,一大清早就没有

没有人留下话或者字条什么

所以就不吃饭坐在门口等

风还是有点冷

阳光打在矮围墙上孱弱

屋后的电闸被重新推了上去

证明她只是走了一会儿

还会回来

有电就有办法生活,但是

他想不通为什么没有过来把他叫醒

午睡的经过像鸟飞离枝梢

以前她总是警告他不要乱跑

说不听话的孩子出门会遇见狼

陈仓

石头

外星人早就登陆人间
它们的家遍布大地
而且在眼前不停地旋转

只不过我们看不懂它的心思
光线是它的语言与歌声
恰恰我们不能发光

你看看那块石头
它唠叨个没完没了
而我们总以为它在沉默

陈陈相因

亮的事

海倾身，送出私藏的雪山
泡沫似的雪花，扑上她膝盖
冷醒一对坚硬的白贝壳

双亲撒下声网
女儿、女儿地缠住跑远的浪
仿佛赶海的她们，正还乡深水

学龄前浮士德，几只手
像团结的橙色海星填海造陆
落实原创的土坝

挪一挪裹绿苔的石，移开
龙宫片瓦，窥破虾蟹逃兵的秘事
裙摆漫卷，吹胖成一颗黄梨

还有瞬染成莲苞的,小身体
半轻如羽,粉布料垂水
塑重如铁

小鸵鸟应声起身,凉拖蹭上沙
效仿沙存在。她踩出脚印
一步步,捏造出自己

身后骄阳下,翅光跃起又去
千万只闪蝶腾空
重新造成海的层叠

陈东东

扬州
　　——回赠朱朱

骑鹤的豪客,引来骑共享
单车的小美女,贴切瘦西湖
趋尚塑身的小波小浪,超越
旧时代——画舫已渐渐落后
尽管加装了马达和螺旋桨

这儿曾为屠场,城濠曾被
灌血肠,曾遭兵斧乱剁肉糜
酒楼上,点一客清炖狮子头
是忘却还是提醒记取?或许
去寻味,杀千刀一块文思

豆腐,诗艺就几乎能战胜
历史?厨师摆盘肴馔,灶旁
丢弃掉一整副骨架……还好

形胜骚兴的骨架犹在。鹤把
鹤姿交付黑天鹅。豪客以

豪情贯穿棋牌室。水面的
新涟漪,未必复述风暴强度
对木纹的模仿,大概会让谁
猜想年轮。年轮里松涛隐隐①
拍黄昏,推远郊外的回声

反光——钻石盛放的星空
不再贡献布景给小美女夜游
玉人吹箫,但仍要照鉴有风
那白昼最后一个清晰的侧面
有女生在风中飞翔,飞翔②

---

① 18、19行,参朱朱《在德兴馆——赠陈东东》。
② 21行,24、25行,"钻石盛放的星空/那白昼最后一个清晰的侧面/女生在风中飞翔,飞翔",引朱朱《扬州郊外的黄昏》。

青岛

……于是，这运行在水面的原点就生井
就以深度度拟，山鸟一代代传唱的鸣琴
若去向铅垂线延伸的高程仰望，你知道
就会见一轮月升至天顶。它执扭其旋钥
一格格辗转，调节潮汐朝思夕想，朝闻

夕死，未必让蒸汽船朝发夕止——理析
或分[①]

  为时间地层学命名震旦。诸般褶曲
能否设变出新的背形？于是就铺展涛澜
现蓝图，就借色铁盐显影盐铁，晒满了

晒盐场。正当一派贸易风漫卷，贸易风
劲吹，鼓舞起土地测量员一寸寸得寸进

[①] 6、7行，理析或分，亦指 Richthofen, F.von（1833—1905），通常译为李希霍芬，德国地理学家、地质学家，青岛城市的形成与之关系极大。

尺的那股寸劲儿，标绘尺幅千里，进化
进未来——新的岸线揭开，开揭新精神
开演新历史直到肥皂剧，直到新的记忆

被记忆中怀旧的半块处处香老肥皂洗白
洗掉光身子沾染的每一粒沙（每一个新
世界？）你也曾像新人
   自海水浴场伸腰
再眺看，估算着防波堤固守的绿树红瓦

不消费多少瓦已足够夜照，添一道闪电
似乎又足够令下水道醒豁。花岗岩的城
叠秀花岗岩，就足够建立一座座势必的
城，实体的城，黄金比例的对景和借景
适宜的城。工程师凭匠意，真就能规划

诗意的精确吗？
   后晚期智人一天天核检
精确地核检回他们的晚智，亮明健康码
游魂的瞎游荡遵从了导游——那一颗颗
迷恋迷醉的迷失之心，唯失心交付野人

小野人踉跄此际，要么，险礁上重磨砺

石斧劈开过遂古汪洋的野蛮眼力。于是趁黄昏,你耐烦地攀登莫奈花园的落日阳台,如之奈何呢?日出印象的反观更鲜耀,逼视所遥送的,更让你倾倒……

陈先发

霜降七段:过古临涣忆嵇康

1.

逃遁:多么显赫的文学史主题!凭什么,
到了这一代,变成嚼不烂又咽不下的残渣

……无处落笔。夜来读史,
已无异于暗地里泄愤

连日焦虑。从孤悬于书房一隅
到一点一滴地渗透。终于它囫囵吞没了我

没日没夜在文字中追踪、挣扎。一直要
沉溺到,再记不起欲问候谁

2.

霜降日该有点肃杀相吧
晨间却是,软绵绵一场秋雨

雨点若堆积,将埋掉什么
若冲刷又会洗掉什么

杜甫当年苦逼又木讷
在夔门写过

秉性不改又当如何……这点儿落叶、积水
不足让我乘槎浮于海

只痛惜人人体内虽有深渊
本时代的脚印却踩不上

3.

中午在小区木樨道中散步
斜刺里,一只老猫

向我走来……她瘦削过度,

小脸庞像临终的索菲娅·罗兰

她的肮脏,嶙峋,外祖母式自尊心和
阴阳怪气,我找不到任何一物可来比拟

她挑衅一般径直走来。如果我
原地老去,我将无端端失败

——她或许是个幻觉。如果我
此刻后退一步,在某个漫不经心的

瞬间我可能会
收到一个礼物:

一个不进化物种,投向
淆乱人世的深长蔑视

4.

下午。在沙发酣睡多时
妻子将激越鼾声录了下来

播放给我听,不由得哑然失笑。

捡起书重读，恰好是亚当·斯密的

一句："屠夫、酿酒商、面包师提供
食品，绝非出于仁慈而是攫取利润"

那么。在镜中建乌托邦的，
在烈焰中扎稻草人的……人，想攫取什么。

瓦砾。蝼蚁。竹林。
久远。废墟。道路。

5.

街心花坛的嵇康。大理石的身体
拥有大理石的思想，沉入自身暮色

隔绝：与每一个人，每一天……
与噪声中的车水马龙

非关速朽或是不朽。
隔绝依然是，古老对话的一种

没有一种胶水可以黏合我们。

我活着而他没有汗腺

6.

"历史的全部真相不能抗衡任何
具体的事件"：这话，谁说的……

隧道昏暗而凿痕清晰
化石亿万载而牙印清晰

无论是密涅瓦的猫头鹰还是
富春江上渔樵……身体中水位清晰

室内。盥洗间马桶的波纹
连通着神秘的江河水

我衰弱的神经
结成轻霜。在夜间台阶上

7.

斗室之中进退失据。
视线在瓶中水结冰过程中变得

又干又硬。一颗心在瓶子密封与
冰块迸裂之中游移不定……不幸的是

我们一身兼起了双方的命运。
历史的花枝晃动

墨痕饱蘸了泪痕就能
穿透纸背？其实，

依然不能。
烟花和苦海，仍在各自表达

陈亚平

苏轼漫游赤壁

是诗歌改变了鼎盛的宿命，还是生活本身
像戏剧的循环，好多年
你把庄子想成孔子，诗可以不怨，可以逍遥
天命中最彻骨的忧思，只为诗歌博爱或疼痛
赤壁山下，史诗一样布景的江山
止于玄学的完美，你把老子看成孟子
着魔于用泰山比北海，用诗衡量天下

在黄州，你时时回忆屈原单薄的背影
了解终生热血的写作，好像预感你自己
从秋空的月影中，追叹韩非当年血骨的剑气
像浓云的庐山或西湖，刺心一样的灼痛
你只为范曾畅写书札，眼神掠过百年文学的沧桑
把空气当成笔记，粮食当成诗

脸上燃烧美学风格的激昂，正如你箭一样的中年

文风大露峥嵘，纵横雄辩的变革者
多少年，以诗为词的盛评古今，是你最执迷的巅峰
带着线条混乱的笑容，你再一次唱和陶渊明
诗中刮来空峡的凉气，气势随意而又和韵错落
在凌乱的笔触中，力求空透融入化境

陈雅宣

望花

隔纱看花
雨的渐隐叫它披落作垂绳
在夜里错以点燃的笼灯
我们在鱼的尾衫中遗忘彼此
这般虚晃。比喻生死都埋进土里
像门口的月季,一生都种入
排齐错列的鳞片。你苦涩的
面容,早已成为生活喜爱的存在
没有人眼皮叠成七层,压弯你的羽睫
叫它无法承重,刺痛这一生的泪
一眨眼,生命就需要没落一次
眼睛永久地合上。正如那册
古老的相片,掀开便会忍受拆分骨架的
松散。人总知无法追及,却守住最后深渊
的宁静——一株月季。回忆如海啸
霎时吞灭花的瘦影。告诉我

生命的碰撞还渴望,夺去什么?
在这个漫长的寒夜,我偶然逗留在一株
含蓄的月季体内,两片颤动的叶相互探寻
我的凝望沉重似篝火的灰烬。

D

大解

恍若浮云

清晨散步,太阳忽悠一下飘起来。
有一个永不出生的人跟在我身后,
却从不现身。他不在现场,也不在别处。
他一直缺席,是个外人。
不在也好。
世上人多而灵魂太少不够用。
人间是一个大屠场,所有人必死,
何必身临其境!
而此刻,大日腾空,山河踊跃,
摇晃不定的人们在风中摇晃不定。
摇晃不定。
他跟在我身后,像一个随从。
我猛然回头,发现他竟然是我的身影。
一个正直的人,影子也是歪的。
我停下脚步,看见这个影子,
从我身边超过去,匆忙而空虚,
恍若一片浮云。

三江叹月

若不是腿短,我能追上月亮。
天空确实陡峭但也并非高不可攀。
在古宜镇,夜色有点虚幻,
灯火长出了绒毛,
而风雨桥闪闪发光,已经化为一道彩虹。
我喜欢走在天上,
但是月亮的右边最好别去,
那里的星星扎脚,而高处更空茫,
只有倒影在来往。
还不如走在江边,
起风的时候趁机飞起来,
我说的是灵魂,
不是肉身。
还不如对着月亮滔滔不绝,
把心里话全部说出而身边却空无一人。

戴潍娜

雪落在前门

究竟　是哪一年的牌楼，哪一年的雪
牵引这幻变的中轴线

蹬上老字号朝靴
鹅毛天赴约
眼前每一条路都失去了分别
若仅仅害怕滑倒，
我并不介意光脚　凌云健步

大雪，从中国的最北方一路赶来
走到今天　不改洁白

飘在鲜鱼口的糖葫芦上，
就是甜的冰衣；
落在黑天里，
便与乌贼对读

旧时旧梦　如宵鸣的白鸟

飞出严实的人间

邀请这个世界完完整整下一场雪

——许多年来我以为自己不配

碎落的星空　毫不妥协

幸好认出　它们就是那年消失的雪人

分明已是三月，谢谢雪

为我再下了一次

丁小炜

开饭店的表弟

他那只有几平方米的操作间
调料、肉类和蔬菜各自安好
小小角落,安抚着
前祁家庄很多流动的胃
富豪与打工族,流浪者与追梦人
都要一日三餐。这是城乡接合部的北京
望春园小店,价格不贵,众口好调
几个方言各异的回头客
就着一盘花生米、一份毛血旺
能在小店喝到半夜
他是我表弟,经营小店十年
在老家买了楼,开上了小汽车
跟他一起北漂的儿子也上了大学
当然他还赚了一头白发。累了就独自
喝杯二锅头,或者玩玩抖音
唱一出声嘶力竭的《甘露寺》

中国农民工的典型代表,我赞美他

赞美他麻辣混杂的坚守

赞美他五味调和的自足

最赞的,是灶台地面上那个深深的脚窝

那是长年颠勺调味、旋挪辗转的纪念

是一个叫任宝华的乡下厨师

用炉火照耀的十八般武艺创造的辉煌

杜绿绿

游园
——写给胡桑和厄土

从一开始，就阻碍重重
游园兴致顿减了几分，
曲径通幽处，假山不假，人亦不真。
一个接一个院子转完，
不妨收起最后的观察，来谈谈
这些体验如何表达
或不再触及。对待厌弃之物
得体之举是遗忘，
可实际上，我们最难找回自己。

当里尔克提过的夜晚降临
沉睡的某件琐事——
携带阴影回来——
我们看见：
他人；昆虫爬过枯叶；

一条船渡海靠近远山,两山间升起
不知来历的月亮。可能与
不可能的景象在眼前。
我看见你们,
你们看见我。
而我们,看不见"我"。

"我"不在具体中,
"我"只感到苦。
这是领受诗神之意的渠道?我们喝酒,
吃鲜肉月饼,
最甜的柿子放进嘴里
全是苦。无条件信任味觉、触觉
难道不好吗?我此时写下这些诗行
想起你们,修正之苦,
朋友啊。

八月的荷塘是苦的,荒草是苦的
我们捧着的野毛桃也是苦的。
毛桃有粉嫩的心
我们的心——
也曾这样柔软如
北京夏末的云。我们踏云走过马连洼,你们说:

杜绿绿,别坐下来。
站立、前行是苦的,夜摊上的啤酒是苦的
想起早逝的友人很苦……
八宝山的光线是苦的
我们身上的黑衣服同样苦。

我所在的南方,木棉也苦
人们用它来煮汤。三月大街上,
很多守在木棉树旁
仰首等待的人。
他们等高处的红花落下
他们的眼睛含着苦
不像肉质肥美的花,身如赤焰
苦而不自知。

而我们主动明确苦,接受了苦
不断地写下
大观园中永不停歇的波动与隐喻。
园中皆是奇景,件件吃不消
如何处理才刚好?
思来想去,不禁甩过水袖
扮相唱上两句
——才算暂时罢了。

段诗霖

春潮

站在玻璃屋顶,张开臂膀迎接你:
一股蓝色涌入我的额头,
松树在这一节庆当中冲我摇摆。
没什么能在春夜的湖水产下一尾鱼,除了你
你一直准备着,绵绵的细针布阵在你皮肤下,
而我有眼睛。
天晴的日子,也曾经是阴影
玲珑的夜里,我成为你的镜子,钻进
眼的纹路,树的纹路,叶子的纹路,
点燃黑色来簇拥:你皮肤的球形组织,弥补
这一片……我延长,稠密地匝住耳朵的是:
手指的波,露的波,悉数散开;
叩门,鸟鸣结冰。
抖动新的身体,脚底滑出一片蓝色的小鱼。
转动疏松河道,归复春季画布;
这个时节,受精卵再次填满蜂房的空隙。

F

范展赫

民俗学观察

马帮没有了马,神龛没有了神
一些沉默的工具被我们从课本里翻出
我们的动作熟练、自然,如同长辈们
揭开地窖落满灰尘的暗门
危险、默契。幼年的我畏缩不前
母亲领我走下台阶,黑暗中
她递来一个红苹果,接过的瞬间,我听到
身后传来一声苍老的叹息,苹果落地
地窖亮起刺眼的灯,我遮住眼睛
移开手时,苹果,母亲,都已消失不见
老师还在讲台上,黑板上的名词
熟悉而又陌生,记忆里,还有更多幽深的事物
随着阳光化作走散的羊群

冯晏

依次还原植物的我

还原叶脉,与正午的光缠绕着大睡一场
还原绿,有根滋养,那就还原根茎
阔叶下亲亲土乘乘凉,还原体内的乡愁
摆脱无形而塑造盘踞。还原花蕊
在被潮湿忽略的粉末中谈谈蜂蜜,疗疗伤
还原飞絮带空间飘移一会儿,翻越丘陵
飞过水,扫扫祖宅。置身于蛙鸣的无我
还原草,草丛中特立独行那一束
或者还原芦苇荡,与同类连成片未必不可
只是同类要重新确认。芦苇弯弯摇小桥
还原树杈含泪抱抱鸟巢,还原水浮莲
在池塘倒映的蓝海上划划船,做做梦也好
还原成莲子比苦涩之心藏得更深重
树干被鸟鸣隐喻时我放心了藏进羽翼下的
词中锋刃。还原茉莉吧,馨香流淌着
取消嗅觉还原了盛开。去还原植物的原型

在取消景观的荒野抱抱大风。还原麦子
生活在颗粒中各就各位,爱,从握住刺的手
还原玫瑰,而存在主义还原万物有灵

甫跃辉

摸黑

天上是雄辩的乌云。星星看不见
月亮看不见。那些让我们容身的房子
让我们爬上去又爬下来的大树
大树底下让我们跑过来又跑过去的院子
院子里遍布的参差不齐的野草，都看不见了
我伸出手，伸出脚，当然也都看不见了
世界像是不存在的。我也是不存在的
我在世界上走，就像没在走
我在世界上停，就像没在停
直到黑暗里响起声音——
尿液落在草地上，声音灰扑扑的
洗脸盆撞到墙角，声音亮晃晃的
鞋子踩在楼板上，声音绞扭着
一片枇杷叶落在屋顶，声音是遥远的叩门声
一只猫踩落一片瓦，声音在石头上开一朵肥硕的花
我摸着这些声音走，仿佛摸着夜的骨头在走

G

刚杰·索木东

化石

巨大的骨骼和足痕，深埋于地底
该是经历了多么大的窒息，才能形成
亿万年后的扭曲。河南兽巨大的头骨上
尚有嶙峋的犄角，宣誓最后的张扬
突然想起那年漫游玉树大地
于高原一隅，得遇飞鸟巨大的趾甲
这些遗落的一鳞半爪，已不足以让我们坚信
麒麟，大鹏，飞龙和北冥之鱼
都曾是多么真实的存在

蛰伏人间太久了啊！利齿和想象
早已被温润的日子慢慢磨平
相较于眼前这些巨大的坚硬的肌体
我更愿意听到，那些无法封存的嘶吼
正从远古，遥遥而至

高建刚

暴雨的高速路

在青兰高速上
我们驾车追赶暴雨

天知道我们是在收割一望无际的暴雨
还是暴雨要焊住我们

是在接受上天的洗礼
还是在逃脱天空巨大的阴影

归心似箭超越限速
天眼紧盯着我们

擦身而过的易爆油罐车制造更大的暴雨
除了暴雨我们什么也看不见

雨刷狂虐玻璃

我们打开所有的灯

在青兰高速上
我们加速冲向天际线

高世现

前去朝圣

那上边一直是一个圣地
经过内心,喉咙,再上去
那里鲜花永开不败
一个被灵魂选中并到过的地方

温柔的群山全是你命名的
你就是我。一直遇见又一直
消逝的你,那上边一直是一个传说
经过额头,脑海,再上去
那里星火永燃不熄
一个被灵魂选上并到达的地方

到来创世记的
已打开的脑门

近乎神秘,圣人正诞生

那上边，天马正一匹匹回来
天使正一个个回来
只为你，一个被灵魂选上的人
并歌唱过的已经宁静的地方

龚学敏

冬日天桥遇僧记

道行越深,形容词的负担越重

喇叭在柏油路上食荤,贪嗔
我俩在钢架的天桥上
被脚下,车流的风刮着

那是蝼蚁们身穿的胆怯,伪装出
工厂里哺养出的速度,走得
极快,走过的路
成旷世的累
是要偿还这重的

剃走的黑发,上天用雪片还你
一刀刀地

大地不堪沉默,便用脚步踩过的

春天
开花给我们看

孤城

雪盛满桃花的杯盏

雪　盛满桃花的杯盏
我还知道　四月注定捧不稳
这般昂贵的玉和瓷
阳光似乎也知道一些
所以我们都不动声色地营救
各自心中的恋人
把雪还给水
把水抵押给春天
剩下空空的桃花　就随我一起碎
（阳光碎不碎　那是他的事情）
松开体内　攥出汗来的声音
也不问爱花的人　听不听得见

古冈

废铁的天空

旧摩托像废铁的天空
越加阴沉,车灯白炽。
十字街绿的,时而红灯
一闪,路人病后三两人。

晚清树杈开裂,
钱家塘缭绕盖房。
我不是那人,光阴脱单,
我上网,键盘手的愉悦。

八小时不限工作日,
休闲冲着浪盘剥。
关了机,销售额不减,
提起废气的第一桶金。

周姓旧同僚,随老楼

涂抹隔世的张望。

我们是谁？英商产化肥，

我们捋一遍结算单，前后两重天。

隐者

行走在闹市里
把影子往墙角挪一挪
来去了无痕
与菜贩子讨论一下菜价
那些脸背后诡秘的含义
他不想戳破,即便酣醉后
也眯着一只眼,静观棋局
渐入高潮
生活才是大师呢胜负早定
无论手执白子黑子
戏台上演员好一副嗓子
好一副身板,戏文精彩哪
观众已离场只有他鼓掌
杀伐之声从左耳朵进
右耳朵出,给小人们
留一条生路都是活一场

街道那么拥挤

侧一侧身子走路，何妨

谷禾

一座树林

一座树林熟悉林中每一棵树。它们
白昼的光,浸漫在黑夜里一声不吭。
树林里的枝枝叶叶,沐浴晨光的
舞动,与雨中的战栗有多少不同?

雨的喧哗,枝叶喧哗。当雨的喧哗
盖过枝叶喧哗,所有枝叶都静止了。
这时候,一声鸟鸣响起,更多鸟鸣和声,
众鸟在掏空整个树林——每掏一把,
无边落木萧萧下,覆盖树下的脚印。

我仔细勘察过那些脚印,年轻的,
中年的,轻快的,沉重的,更多的
属于孩子和老人,他们进入树林,
散步、奔跑、看花、遛狗、恋爱、接吻
采集蘑菇和松果,饮下牝鹿的泉水,

有时还抱紧一棵树,又哭又笑。

早晨走进的那个孩子,用铁锹挖树根,
他每挖一锹,树根就向深处延伸一寸,
直到那棵树高过云层,他沮丧地住了手。
终于走出树林后,他迎着落日的脸孔,
结满密集蛛网。难道真的一日长于百年?

哦,我还没有写到依着树林的那条河,
它在此间反复改道,最后又回来这儿,
如同历尽沧桑的老人,收拢了脱缰之心,
平静地接纳着落日余晖,光秃树影。

我在树林里走失过,河水带我回家
我在树林里迷上一只白狐,河水照出
它的原形。许多年前,我和树林留下
一张合照:多么活力四射的少年!
身后是数不清的树,一个陌生闯入者
在众树之间隐现,恍如我提前到来的晚年。

关晶晶

那棵

那棵杜鹃
在五个春天复活
又在五个冬天死去
第六个年头,它再没有回来

天空四时流转
池塘托起落花
显现着云的来去

我的洁癖越来越轻
眼睛也不再那么挑剔
只有自己知道
这是多么美的事情

郭新民

还有什么要坠落

一片羽毛
从迷茫的天上倏然坠落
让恬静的空气
平添几分惊愕
一片树叶
从枯槁的枝头颤颤飘零
叫深秋的良心
隐隐作痛

还有什么要坠落
流星、岁月和天边浪荡的浮云
腐朽的生活、霉烂的情爱
颓废的思想、抑郁的精神
残阳喋血，霓虹坍塌
些许物质斑驳而去
青春比落日

走得脚轻

生命比鹰翅

飞得还快

一滴泪水

从眼角坠落

想纠缠你脆弱的情感

还是想触碰谁的神经

一声呐喊

从深深的夜色中坠落

让诗人敏感而惊悸的心魂

战栗不已

还会有什么要坠落

无聊的花朵，早熟的果实

凄迷的雪花，散淡的风尘

腐败的事物，迷茫的追逐

惶惑的神话，虚妄的梦幻

肆虐的病毒，飙狂的霸凌

多少盲从与信誓纷纷凋零

深刻博大的土地啊

多灾多难的土地

正耐心等待着忍受一切坠落

H

海男

从火车到麦地到滚滚烟火境遇（组诗节选）

6.

来自火星的消息像隐形无踪的旅人
太久了，这伟大的孤独，将一根线穿进针孔
要像一根线穿过细密针孔的耐心看着天气的变化
要在你的蜘蛛网中编织出可鉴别云图的晴雨表格
天亮得如此快这说明有人已经在路上穿越时空
嗯嗯！嗯嗯！多轻柔的细语产生了春天的枝芽
来自火星的消息就像这铁轨隐形无踪的旅人
在镰刀的割麦声中农人用手抓住的是秋风
风云的变幻可以带来布谷鸟低矮的飞翔
你饥渴的心不用焦虑症去解决说不清楚的问题
这场雨来得正好我刚松开了花园中干裂的土
我们居住在不同的领地各有各的自由
独立自主的云训练了我用手臂飞翔让肉体落地

云雀们在田野拾到了麦秸正在啄下最后的麦粒
守庄稼的人又在宇宙星球中找回了丢失的铧犁

7.

忧愁的云雀啊多像我用乐器演奏着春光
我总是要找到一个词语，有时为了一个词
我的迷途多么荒谬。晒衣绳上每天都有羽毛的
痕迹，我的内衣永远是红色，我的裙子
永远是曳地的。沉迷蓝牙白，我开始关注
并恳请让我寻找到一条更古老河流的源头
忧愁的云雀啊多像我用乐器演奏着春光的斑斓
它来到了被褥后我起床了洗过了疲惫的锁骨
再用水龙头洗着我的生命，肋骨的柔软啊
如故园仍然在寒瑟中旋转出梅花的潜意识
散架的牛车上爬山藤环绕并陪伴逝去的速度
站在潮湿花园的我手里握着铁铲想松开底部

如果来到手里的物件都成为我的乐器
用乐器演奏时代的暗伤是我的另一个梦想

8.

播种的农妇和她的美学概念
春天,我们将忘记忧愁和阴郁的句子
活着,就是美感、荣辱、平庸和隐忍的艺术
穿过在冬日中荒废过的四野,想找到冲动的
河流。枯萎是一种急需泉水沁入的现状
播种的农妇站在河右岸的山地像一个红色的
圆圈。她的土地是红色的,她的衣装是红色的
她的手推车上的谷物远看也是红色的
这红色像火焰持久的绵延到天边尽头的村庄
她从红色中跑出来去迎接那条永不枯竭的河流
她推着红色的手推车像一个红色的球往上飘动
边走边往上看一个农妇的山地和她红色的圆圈
播种的农妇和她的美学概念融入了一条河流

从红色中将幻变出绿色意识流的农妇开始播种
我往山尖那边看去有青黛色的飘带独自地巡游

韩博

酸庙

半价的人,吃过几吨手机印的报纸,还
饿肚子,不信头版升起的人造火球不仁,
不信什伯之器的节能灯泡以万物为刍狗,
不信病毒经亿载以待价兮终蒙估值连城,
不信包好死的公寓一夜变营房复变泪谷。

半价再对折的人,不信:为了那件事的
这件事。法的门外,行深奥密克戎核酸
检测时,南无德先生,南无赛先生,测
一切不准,阴即是阳,阳即是阴,传播
粒子行深特色道路,不存不灭,不虚不
实,不增不减,不垢不净,是故真空不
空,无绝对测准,是故阴不亦阳,阳不
亦阴,是故嫌疑人负阴而抱阳,阴生而
阳杀,是故核酸不是核酸,能赐一切苦,
照见作为核酸的核酸的核酸,真实不虚。

大家一块做核酸的就是一块
没手没脚没鼻没眼没嘴巴没屁眼的罩布：
自己拉屎自己吃的循环。自恃仁的奴仆
拉长自证清白的占卜：槐树下，香樟下，
二球悬铃木下，给钱就卖的贱命，不信
正被数据的硫酸洗劫的白血病、糖尿病、
心脏病的念珠的瀑布弃辨，自证合身的
小我不清白，清白的小我不合身：周一
证，周四证，周日证完周三证，周六证，
周二证，周五证毕周一证：未见的确据。

韩东

房子

降温了,
房子慢慢冷下来。
厚实的墙体热气慢慢释出,
我们感觉不到外面的冷,
仍然穿戴很单薄。

就像有几天气温骤升,
房子里仍然很凉快,
冷气渐渐释出,
我们感觉不到外面的暑热。
厚实的墙体保护着我们,
用它的顽固和迟钝。

可我们终将暴露在严寒中,
就像我们终将置身于酷暑,
房子被冷风热浪穿透,

里面和外面是一样的。
我们的里面就是外面，
恒温的人将成为冷血。

月圆之夜

他们一个一个地离去。列队。
回来的时候向后转,一个挨着一个。
先行者后至,刚刚离开的最先回来。
所有的人都只能看见自己离开时的景象,
把后死的人当成未死的生者。
一个挨着一个,一个看向一个,
全都坐在家里的沙发和椅子上,
坐不下了就盘腿席地。
一个看着一个,其中的一人看着我,
而我在看一部电视剧。
我能听见他们的动静,但不会回过头。
这里面有某种苛严的逻辑或规则。
没有人回头看,更没有互相凝视。
一个看着另一个,而最后面最上方的月亮
看向这所房子。
他们的目光就像月光一样散漫。

汉江

脱困

已有多少个夜晚了？一棵树
总是在我梦中不停奔跑，
让我感觉抬举我的床，
护围我的房门、书橱、衣柜、
实木地板和三夹板顶面，
都是被分解的树，感觉它们
被禁锢太久，随时会悲愤地拔出钢钉、
擦去油漆，裸奔原始大森林；
感觉自古至今，安装肉身、骨灰的
大多数是树的化身。醒后
我一身冷汗，麻木得不能起床，
像一截被鲠在生活咽喉处的木头
——急于脱困，哪怕成为树的影子，
也要为梦奔跑！

何向阳

松针

站在辽阔的
原野之上
我想起那个
热爱在诗中描绘
松针的人

暴雪将至
地上松针铺满
疼痛　间有
松果　上帝
完美的杰作
层叠均匀
对称而又温和
它们是否也在
等待　那个
把它们写入

诗中的

少年

自然的律动

赭色的回环

松果　完美的

杰作　上帝

谁的手将它造就

一只松鼠

跳跃前来

目光如炬　如豆

我俯身而坐

臣服于这万籁

音符的组合

寂　静

一颗松果

停在我和松鼠之间

我们同时听到

松针的低音

但什么在簌簌下落

在写松针的诗人

还未抵达的

这一小块
时间

贺泽岚

霞光之下

日落,总使我想起幼年的晚霞
紫色的光晕弥漫在天际,在傍晚
做时间的减法运算
减掉了不能自持的白色肌肤

母亲通常会扛着锄头走在前面
她的每个脚印,重新安顿着泥土的细节
那时,她的身体是一叶瘦小的岛屿
佝偻的修辞还未入境

霞光之下,我跟在她的身后
她的影子拨动山野的轴心,写满各种
暮云苍苍的脚注。在月亮赶来之前
那是我阅读光的唯一路径

胡亮

易碎品

大海已经达到了沸点。黄条鰤急着跃出了
水面,落入了黑尾鸥的嘴里。
天意本没有缺口,
直到我们说出"节哀"或"恭喜"……

胡桑

上海进化论

难道在光之外,还有其他什么东西?
　　　　　　　　——瓦雷里《天使》

雨渗入杨浦区的夜。
门窗懒散,关闭
在吴越的空洞里。白天造访的蜂
不知去向。隔着玻璃,这五月的幽暗,
我辨认着。风扇在屋内循环着虚无。
从卧室,到厨房,再到客厅,
我的缓慢在肌肉里呻吟。
我知道,一年蓬长出了排比,
绣球花领受了春的造诣。
酸奶的冷穿过我胸口和胃里的幽暗,
抵达不可抵达的饥饿,目击冰箱关闭。
三叶虫、马门溪龙、始祖鸟
从洗手间里鱼贯而出,在窗口回忆出

一座森林，觅着食，物着色，
刷着朋友圈的戾气和流水账。
如果凝视阳台上那只中华蜜蜂，
不，那只意大利蜂，
就听得见嗡嗡声回荡在小区里，
它在萝卜花上摘取了散漫。
此刻，蜂翅也许被打湿了，
口器忆起花香，复眼解析着
三角洲的减速，太平洋的关闭。
可是，海浪拍打着三门路，抹香鲸
从上个世纪游来，身上披挂
一条旧彩虹，潜入上海的离魂症，
像一阵在数据里醒来的幽暗。
我回到了阳台，目光抚触
窗外学会了静默的金丝桃和榖树，
奥迪和奔驰。一天天，
我们测度绿的酸性，
不惜让昏睡变得昏睡，
让关闭变得关闭。
餐桌上是爱，餐桌旁是骄傲，
循环的体内是循环，
幽暗的尽头是幽暗，
食物悠悠地，收服了孙悟空。

我打开窗,空气投喂着湿漉漉的关闭。

这片刻的宁静,汹涌在358弄。

我身上的漫游在蠕动,

碰到潮汐,又缩回了壳里。

胡弦

舞者

一只蝴蝶在跳舞,
而有人认为:打赌更有趣。

有人在舞池边打赌,
有人则旋转着,经过骰子、酒、
尖叫……像一团火
碰到什么就烧掉什么。

一只蝴蝶比曲子更轻。
蝴蝶,一个矛盾体:它轻盈的身姿,
它灼热的花纹,一个

寂静内核像它
体内的黑匣子,收集着失事的音乐中
化为灰烬之物。

春风浩荡,所有花纹都已失控,
一只虚构的蝴蝶,
掠走了陌生地理里的安宁。

而有人已从那里返回,回到
一个赌局中。曲子
滑过这叫作春天的酒吧,滑过
手上有伤疤的人,
把滞留在伤疤里的疼痛提走。

月亮

如果它挂在树杈上,
那不是真的。那是它正从那里离去。

如果它行经天宇,那不是真的。那是
有一封寄给你的信正投递在途中。如果它

出现在水桶中,整个天空
也会试图沉入那水桶因为

这是微小的心接受世界的方式:一个
终生缠住你不放的问题,
像一门学问循环不已。

当它被写进故事,开端像巫术;
当它被画在墙上,结局像个住所。
它是这样的光:凉凉的,一种被黑暗仔细

考量过的光。当它再次出发并遇见

如此多的梦,它认出它们正是
从它心中出走的梦——它小心地
不再踏入其中任何一个。

华海

进入一棵树的距离与冥想

观察一棵树,与进入一棵树
成为一棵大树本身,它的距离有多远

用一生的时间,还是一念之间
你想去敲一扇门,也许那扇门并不存在

能成为一棵大树吗,并且化身为一只翠鸟
和它的叫声?这是生命循环的流向

一个念头,是一朵紫荆花的盛开和凋谢
一个人也是,花开半世,约等于蟋蟀唱了半匹月光的布纱

那一棵用光影合成的树,你如何进入
如何作为一棵树,由旷野站到都市展厅的众目之下

如何进入虚幻的光,或者记忆中的阴影部分,一场意外让所

有人被时间的绳子缠绕,看不见的窗一格格关上

一棵树的空无或真相。在冬天的奇寒
和反复的疫情之间,下一刻发生什么
没有人说出

你感应到绿色的光,正透过森林的寂静
由内而外蔓延……

黄梵

偏头痛

头痛时,是谁在我体内发脾气?
已经二十年,我还未弄懂它的用语——
身子要躺下,眼睛要闭上
嘴还要像工地,发出嘈杂声

身子蜷缩的样子,像要回到子宫
莫非我年过半百,仍需要定期回炉?
或像疲惫的帆,需要把自己再次折叠?

头上的痛像鼓点,不停敲打
风来到窗口,要合奏一支流行曲?
痛让舌头抱住呻吟
不让呻吟展开翅膀

痛是大海,让我看到了日子的风景
痛在怪我,还不懂去菜场买菜的幸福?

当痛临近,连过去的落寞也是满足
我的痛并不孤单,一本历史书
就是一座收藏疼痛的博物馆

黄礼孩

平行花园

河底的谷粒挂在枝条上
光悬垂,扶摇出族群繁茂的果实
家园的风已平息,你由此认识了日常
房屋与古树之间,水井倒映童年
桥模仿彩虹,月牙建造了弧度
微微的弯折,收集着植物的线条
沉默的画家,字短句长地书写
时间的回声虚掩,眉色上扬
一日之余留给花园,命运在路上的人
回到安宁的土地,之前危险中的游荡
多像随身携带的花园,装在袖珍的宇宙

J

吉狄马加

寻找部落的诗人
——悼念叶夫图申科[①]

我们不是森林里机敏的

麂子，像一道白色的光

消隐于树叶间

银子一样破碎的虚空，

但它在那里

留下的气味会让另一只麂子

找到诡异的行踪

并把欢快的求偶之声鸣叫。

那独绝孤傲的雪豹

在黎明时灰色的山脊之上

以失重的跳跃

把黑与白的琴键弹奏，

---

① 叶夫盖尼·叶夫图申科，俄罗斯诗人，20世纪最具影响力的诗人之一，生于1933年，2017年去世。

这是它的领地

任何入侵者走过这里

都会发现它留下的标识,

并感受到

它的警告正一步步逼近,

但它同样在某一个季节

会去寻觅自己的兄弟。

这个世界几乎所有的动物

都能通过自己的方式

找到它想要找的同类,

无论你在哪里,在动物的家园

那来自生命中的探测器

都能发现另一个维度

属于自己的星星。

诗人的相遇也是这样

他们通过文字的密码和思想

传递的波段

就能找到属于他们部落的

任何一个精神上的同志。

叶夫图申科就是这样的人

开阔、敏锐、见多识广,哪怕知识

的庞杂也能被超群的记忆力佐证。

他不是书斋里的诗人

属于广场,属于闪电,属于呐喊

属于任何一个能用声音

覆盖大海和风暴的地方。

我听见过他的朗诵,在走向话筒之前

他坐在那里

像一只无精打采的猫,

但当他真的开始朗诵的时候

你就会看见在人群的中央,有一团火焰

抖动着豹纹的光芒,

就在那个片刻,无一例外

我们都会成为他声音的俘虏。

哦,不!他虽然渴望他的诗

能成为大众生活的一部分,

但他的细腻同样让柔软的心灵

低吟出了犹如叹息的爱情诗,

他告诉我爱上玛莎

不是她的眼睛,不是她的嘴唇

而是她那双

让人过目难忘的手!

哦,是的!东方的隐晦和神秘

西方的逻辑与理性,

在诗人叶夫图申科身上

一个时代的弄潮者,穿行于

冷战时的两个对抗的世界,
他的无数个侧面
被集中地统一在了一起。
人性中的美以及缺陷
在他的一生都打上了鲜明的烙印,
也正为此,我们才接受
他是一个真正的诗人、一个复杂的人
所能带给我们的一切。
说叶夫图申科
是我们部落的同志和兄弟
那是因为像别的动物一样,
我们用最古老的办法
找到了他!

梦与现实的真实

——写给亡友莫玛·迪米奇[①]

我们坐在贝尔格莱德

一家露天酒吧喝着酒

前面是一座陈旧的桥

河水沉默地流淌着,如同

我们此时的心情。

语言有时候是多余的

这并非交流造成的障碍,

一个下午我们就这样

没有目的地坐着

喝着酒,看着眼前走过的人。

我们没有说一句话

这个城市并不富裕

但人的心态却是平和的

----

① 莫玛·迪米奇,生于1944年,塞尔维亚诗人、小说家、剧作家,2013年去世。

他们的眼神说明了一切。
还有一群灰色的鸽子
悠闲地在桌子的四周
发出均匀的咕咕的叫声。
到傍晚了,城市的远处
落霞把我们所能看到的地方
都镀满了耀眼的金色。
这时,莫玛·迪米奇站了起来
他似乎是在示意我们离开
斜阳的余晖染红了他的卷发。
好多年了,这样的情景
已经变得越来越不真实,
而就在昨天我又梦见了
我的诗人亡友,他还坐在
那里默默无言地喝着酒
他的额头和面部在阳光的
照射下清晰得令人吃惊,
我曾怀疑过这是不是
另一种现实的幻觉,而梦
告诉了我:不!这是真实。

冀秀成

时间倒流

提起笔，回忆过往，欲让时光倒流
笔尖反复起落，犹如一只鲲在深海遨游
22时10分的夜色为诗句披上经典的黑色外衣
红灯与绿灯的交相辉映下，数十秒再次脱落
拿起手边最称手的扳子
拧紧松动的螺丝，也拧紧手中的时光
攥紧工具，投身时光革命，不至于让时间
从指缝间溜走。就让鲜花铺满长城
就让飞驰的列车继续穿梭于光阴隧道
就让爱人与食物无限延长保质期
平原上的农作物由黄转绿，枯叶升上树梢
金秋变为烟花三月，让时光倒流
经过自然的轮转，昼与夜的交换
形成光与影的蹁跹，见证新与旧的容颜
缠绕的青春不再被球形的胶带禁锢
"热带雨林气候""平衡移动""三角函数"

也逐渐淡出视野,新的"微写作""大阅读"
"大作文"等待着我们用时光手柄书写
大美青春被存留于字里行间和影像中
将笔尖与白纸摩擦,碰撞出时光的火花
警示未来的自己还有让时光倒流的勇气

嘉励

女艺术家

出于磨难，更多地
出于本能，喜悦或悲伤，或格外出于愤怒
捕捉记忆，直到知识的一个侧面被深刻地唤醒
将某种元素添加或缩减

研究它的超物质性，线与质的关系，稳定还是流动
一面镜子，由光学技术带来的殊胜视觉
巨大造价附加的高贵感，飞鸟在顶空掠过，渺小人类在其左右行走

总有一次被照到："颠倒的世界"
一块血污，泥浆，被摔打，堆叠
或在机器中让它们随意分化
观看它们的色彩——纹理——节奏

也可以触摸，一个虚空的孔洞

是物体投射在墙面的阴影

是看起来湿润的布料，有一个哀毁的造型

或直接凿穿地表，仿佛身体的漏斗将要"坠入地狱"

无论何种形式，哲学是核心问题

无论是否超然物外——坚持

坚持思索与磨炼

神奇之物也许最终显现

贾浅浅

雨

下在每个人生命中的雨
都在劫难逃

有人落了一身南方的梅雨
衣服潮了又干
干了又潮
那就做自己的衣架和南风

有人遇到那些脾气暴躁的雨
你跑得有多快,就淋得有多透
它教会你只能老老实实做屋檐下
水滴穿石的石

学那羽毛紧贴的云雀
仍有清丽的婉转在枝头

或是栾树，抱紧身子
再等等

天就晴了

江离

一只刺猬

我记下了"刺猬"这个词
两个小时后,我出门了
只留下它,在一片空白的包围中

我见过它——
在暗淡的星夜,树丛,风
它一动不动地在草坪上

确切地说,我无法肯定那是刺猬
还是别的什么
我看到的不过是一团暗影

就这样,我们相持了大概三分钟
这凝滞的三分钟
像一首诗等待开启那么漫长

在我决心靠近前
它突然慢慢移向树丛,并消失了
一切都没有留下痕迹

而我也从页面上删去
我记下的:星夜、树丛、风
一切重新处于未经照亮的幽暗里

你也可以说,在我和刺猬之间
有一道裂痕,而我只是希望
将刺猬般的东西,纳入诗的秩序中

江汀

外公

外公,你拥有一位信徒的全部美德,
尽管你并未信仰任何宗教。
那位清瘦、温和的老者
是我曾经见过的,你的唯一形象。
知道你去世的时候,我身在北京,
恍惚间感受到了家乡的蝉鸣。
夏至刚刚过去,有一场日环食,
正午时分,南方飘过了大块云朵。
彼岸的门于是又一次敞开,
我们都认识那条绿色的长廊。
记得外婆去世那晚,已是十一年前,
我第一次看见你流下眼泪,
接着对我讲起往事,你的青年时代。
而现在,唯一让我感到安慰的,
是你们可以重聚了,在时间的深处。
你出生在皖江丘陵的农家,

二十岁时入伍,在省城服役,
后来回到家乡,工作直到退休。
你绝对诚实,从不多言,也不急躁,
唯一让子女抱怨的,只是过度节俭。
疫情阻隔,我无法回乡为你送葬,
只能遥远地朝那个方向跪下,祈祷。
一张又一张,我回顾你过去的照片,
渐渐地,雨点从天空降下,
覆盖了我所身处的这片区域。
通过冥想,我再次靠近你,
植物的序列开始默然生长,
全部的生活多么严肃、精确,
每个人都在经历相同的黄昏。
外公,你已经重新变得年轻,
与外婆一起,长眠于家乡的土地,
那里还种满了油菜、棉花,
红薯的藤蔓,成片的稻田。
黑暗到来之前,村边的小河变得
更加明亮,芦苇丛也悄然晃动,
你融入了无限,随着天边的微风。

无名的往昔

邻人在路旁凿碑
凿一段河流与土地的苦难史
它们被俚语相传
它们终将如流水
寺钟敲醒山林　鸟雀和野鬼
无名的往昔啊
人世有代谢
母亲的教诲让我们更相信——
摇篮紧挨着
墓碑

江耀进

从乡村来的歌手

那些想做梦的歌手
他们离开家乡来到大都市
高铁紧闭的钢窗
飞过一大片还未金黄的稻田
他们行囊空空,一文不值
他们想用谷粒、炊烟和 freestyle 的声音
打动城里的有钱人

换了发型的这些歌手
有的披头散发
有的光着脑袋
还有剃了阴阳头的
他们用尖叫般的唢呐和咚咚作响的架子鼓
让夜晚去寻找一张安放身体的床

一年四季,光阴轮转

那些用喉咙养活自己的歌手

已经没有了家乡

在大都市里

一些人来了，一些人又走了

一些人穷困潦倒，一些人一夜暴富

最惨不忍睹的是

那个吹唢呐的歌手赶场子，却死于车祸

当天，就成了娱乐版头条

还上了热搜

姜念光

生日书

今日晚起。跑步之后,修剪樱桃树。
两杯烈酒浇入心头蚁穴,
明显感觉到,黄粱梦已经醒透了。
六岁时我就会干相同的事,
也跑步,也爬树,樱桃也没成熟。
但那时候不饮酒,没有皱纹,
尚未结识罪人,也不知道佛祖。
如果让镜子说话,它会指出,
哪些是岁月中的摧眉与折腰,
哪些是隔岸的敌人与暴君。
如果让六岁的他来选,他会要
跑得更快的鞋,熟好的樱桃,
全不在意时间、天理和人欲。
唯有肉身,是慧眼的好容器,
唯有一种切身的甘美不可辜负。

金铃子

辛丑夏,过永川古县衙记

过松溉古镇,它的始建时间
无法考证。江水知道,落花知道
来来往往的爬虫知道
我在古县衙
默然片刻
静候告状的老百姓,他们的白头发更白
比旧更旧,他们没有来
或许早已老去,或许不再有冤屈
明镜高悬的牌匾上,有细小的裂纹
我推开师爷房,一个声音说
"亲,你来了
囚笼还在,里面有几只蚂蚁
不知人世。"

我击一声鼓
它们便慌乱起来。便在囚笼里东奔西跑

原来它们也有冤屈

也有永不落泪的哭泣

金勇

卡拉旗小镇

直到阳光

再次扑在卡拉旗的怀抱里

鹰的翅膀斜射下来

箭镞般的风

穿过陡峭的谷壁

我一个人

沿着骆驼的蹄印

寻找水源

萨塔克的女人

驾着驴车,领着孩子,她醉酒的男人

从风雪中归来

我突然明白了

这就是人间的爱

敬文东

凋零

> 君子居易以俟命。
> ——《礼记·中庸》

这是深秋的上午,阳光明澈,
照进了我幽闭多时的书房。

在所有形式的心境中,我选择
宁静。我有沧桑的口吻。
它不悲伤,只浸润
飘忽的心事——

比如,我正在默念的亲人;
比如,我琢磨很久,却未得其门而入的
山楂;
比如,一件隔夜的往事,拒绝向我
敞开小小的入口,让我无法

和曾经的场景再度聚首。
这都出自它微不足道的
善意。

现在,我干脆
站起身来。深秋的光线多么
清澈。它有醇厚的回甘
它从来不是二手的。它让
万物和我获得了一年中
最好的姿势和心态:
不急,不躁,安于凋零
安于被遗忘。

L

蓝蓝

敦煌日记之第332窟

李君修慈悲佛龛碑·僧人乐僔

大象走在海底,
小树跋涉水面。——谁见过?

鸟儿游于熊熊烈焰,
鱼群飞过祁连山脊。——谁见过?

始太古地壳,奥陶纪,
陆表海交互沉积,大裂谷的狂风;
造出安西-敦煌断陷盆地——谁见过?

和尚沙漠中跋涉日久。走到三危山下,
见对面孤绝崖壁闪射万道金光,
遂凿洞窟,不知时间之前和之后。

佛陀与众菩萨低头凝望,沙山深处

寂静的洞窟,知道它们将生养出
修行者、匠人、画工——流沙与风声
——见与不见,复如何?

敦煌日记之第85窟
楞伽经变·照镜喻品——我是谁

你看镜子——
这是我。你说。

大海由无数条河流汇入。那些河,
同时在源头,在沿途,在入海口。

在一个空间中,时间会压缩吗?

水说:这就是我。云雾、泪滴、树与人体
可见与不可见的循环。

山脉、森林,有机物和无机物。
以及恒星、彗星、尘埃、星云。

宇宙说:无尽无限,

无去来处。这是我。

"我是我周围的世界。"诗人史蒂文斯说。
他曾把一个坛子放到田纳西山顶；

这是建立秩序的一种方式，
俄罗斯套娃也是如此。

我之我的秩序包含在
他之我的秩序队列。

里尔克曾惊呼：那位队列中的天使，可怕的
美，不屑于毁灭我们的灵魂之鸟。

而巨大的质量体，尽管令时空弯曲
但也会有粒子从黑洞中逃逸。

更不可思议之我，观察变化之中的我。
——来自我们感官和大脑的人的宇宙。

矛盾的，神秘的。也是清澈和单纯的。
想起我们几个人曾在莫高窟前看星空：

我，留在那个时刻。我，那条河流旁的深夜。
我，洞窟深处一粒沙子的移动。

佛说：无我。
我写着，这短暂之苦，如流星，如闪电一瞬。

现在，您可以把这首诗
拆掉了。

李瑾

独居

一人在家,内心也会涌出没有来由的
悲喜,白云轻敲着窗子,一只只小兽
将我的目光当作
幽径,随时出没。即便偶尔
抬头,也能够看见西山正在
静坐,一串石阶
从古刹里面下来,进入我隐蔽的内心
我读书、思考,想遥远的生者、死者

内心有已知的宽恕,也有未知的罪过

李爱莲

贺兰山下

深邃的苍穹之下
蓝有了斑驳,白有了荒凉
踏不平的草,自己收割自己
广阔的风把墓园缩小为一粒草籽
土地萧条却有着层层叠叠的死亡和重生

我渴望有一种异样的声调
大漠和黄河,飞扬似号角坠落如琴声
所有的画面,满是涟漪
所有的足迹,赤裸而荒凉
世界出没,星辰迷陷
马匹经过,左口袋有盐右口袋有枪
闪闪发光,涌向笔端的有匕首一样的语言

白云追逐白云,寂静跌入寂静
草继续枯黄,风继续浩荡
一个午后,一条好路,我正好抵达我

李成恩

画荷

他的手从池塘的淤泥里伸出
白色的幼嫩根茎

他的呼吸吊在水面
一呼一吸缓缓移动

他的脑袋是一滴墨
饱含大自然的精华

他的手突破了宣纸
花苞的膨胀太快了

他的呼吸哗啦一声
落在空气里

他举起一口池塘

他举起开满荷花的脑袋

香气从花苞中弥散
一个芳香四溢的人

池塘是他的摇篮
荷花是他的婴儿

寂静的夜晚
一池的婴儿张着粉红的眼睛

他坐在其中
他是最大的那个孩子

李海洲

夏天的少年们走过冬天

窗外的光线照进灰色楼道
诗篇被少年们举到酒杯前。
旧镜头里,向阳的小屋如此漫长
泛滥和沦陷很多
夏天翻着一册线装古籍
时光远到可以爱上任何人。

那时候诗篇清脆
木槿花下是如此痛的长发和白裙。
少年们有用不完的酒量和才华。
那些夏天有很好的落日
那些夏天大家喝到很晚。
窗外有时候风扫彗星
有时候大雨里落下乌云
所有人谈吐平仄有序,随手写下的诗
任意夹在唐朝和宋朝中间。

衰老在引路,爱过的都如死灰
一想起来就那么遥远。
如此啊,少年们,激情消散
雪意正在抵达冬天
汉语像马群被生活的虎啸惊乱。
如此啊,少年们
夏天在深杯言欢的夜里迁涉。

多年后,老朋友各自从萨克斯里走出
像高铁时代驶来绿皮火车。
风雪有些紧,请打扫门窗
请把诗的风纪扣系好。

李建春

放开之后的喜鹊

感染放开之后,喜鹊的翅膀只剩下黑白。
为何曾是斑斓的?为何只有生和死
两种选择?在我经过湿地公园
大门口掉光了叶子的乌桕树
看见它时,久久不能释怀。

有人试图用组织的控制对抗死亡,
死亡呈现病毒的模样,放大看
像一顶小皇冠,结构却是不完整的片段,
令人无从把握,且在传播中积累突变。

严密到令人窒息,没有人关心
彩色的经济。专家们描述病毒,
但病毒是超光速的、量子的现象。

喜鹊披着飞舞的太极图停在枯枝上。

彻底放开之后，死亡把每一个人
过滤一遍，而生命的自由——
且在祝福中，收紧。

李强

老街

老街有多老呢
青石板照得出人影
青苔滑得像冰
青砖上刻着花纹
大的是鸟兽
小的是虫鱼
也不知道是清朝的
还是明朝的

工匠们辛苦一生
留下了文明
没留下姓名

青石板躺着
杉木板站着
老街方方正正

保佑一方生活

青石板穿青衣

杉木板穿红衣

从暗红穿到浅红

直到斑斑驳驳

像雨水冲刷的沟壑

李少君

来雁塔之问

万亩荷花,十里垂柳,随处竹林
如此风光遗产,还剩多少?

半池月色,一泓清水,数点蛙鸣
何等闲适心态,还余几分?

吟两句诗,抚一曲琴,养一夜心
这样的隐逸君子,还有几个?

情似湘江,顽如石鼓,固若衡岳
此等节操胸襟,当下何处可觅?

年少时在南北各地行走,怀此疑问
现如今东洲岛上船山书院或可解惑

李舒杨

春天,拒绝叙事的喷泉

猫历四年春,滕子京谪守巴陵郡
看哪,云柱烟柱珠帘绣柱间
猫在城楼上布道
列位看官,听她喵道是:
需要三个春天,至少三个
一个内服一个外敷一个
静脉注射。春天,拒绝叙事的喷泉
平等、庄严、爱搭不理地洒落所有人
书、笔记本电脑和猫猫。今天,猫
航母般的睡眠,在未启封的清晨
划下一个塑料膜破口。请坐
请在闪电下享用你的早餐
午餐、晚餐。请像
托着满杯的碧螺春,小心平衡
一个好天气,一个嗑托
一个戈多在敲门了:档期紧迫

请有序发疯！门的另一侧
柔滑小獭还在向着李商隐
作慈母嘤嘤：东西都带齐了吧？
可别有散装典故落在
我的祭鱼小巢里。嘤嘤，切记
庾信和杜甫们还在排队测抗体，别随地
引用"垃圾堆上放风筝"害物流堆积
猫，并不管这些。猫
正忙着凭栏远眺，跟长颈鹿起重机
揖一把金兰结拜，瞬间想出喵句：
"被我爱上，要有被鸟喙啄穿的自觉。"
急着把它发射给遇见的第一名好人
然后下楼吃饭，鸣金收兵

李晓

去老屋吃蟹

傍晚六点,启程
去老屋吃蟹。如我从诗中
打捞意象那样,外婆将蟹捞出冰箱,
蒸熟,膨胀的腥气使屋里顿时
布满甜蜜的隐喻。坐在木桌前考古:油亮的硬币,
不饰衣装的卷纸,还有苍蝇里
多年的租户——这些失传已久的旧物,无一
不将我带回蚊虫缭绕的童年。夏天是从什么时候
变得这样寂静的?门窗大敞的老城区,仍然
只听得见蟹壳碎裂的声音。
乘凉正逐渐演变为一场传说。我想起
刚到楼下时,唯见一茬寂寞的头颅
暴露在风里,等子女
要不就是岁月前来收刈。经济发展
使房子接了网,房主的脑神经却没有。在这里,
无线电话依旧是单向的,平板也不比

一张砧板好使。仿佛生活在壳里,仿佛
一双剥蟹的手,在分离腮与脚的同时,
也分离了新生活
与老城区。外婆正娴熟地往蟹上贴姜,
充满药膳味的指尖,像摸索着自己
腰部的穴位般,推此及彼。她说佛机对岸
讲唱的法师昨夜往生了。说的时候
她并没有意识到,自己也坐在我的对岸,而这
正是方桌的残忍之处。她也绝不会记得,
早在十年前,这张方桌的两侧
就已然发生过有关生死的对话。那时我问
假如我走到她一般大时,她是否会转过来,
重回我的年龄。外婆笑着
自然地谈到了死。对这新概念
尚且不谙其意的我,依然立刻痛哭了起来,
并朦胧地直觉到:生命,绝非八仙桌,它有棱
有角。十年前,我们对死亡毫不避讳,
坦然论道,坦然泫泣。但在十年后
同样的光景下,面对着脑梗
出院不久的外婆,我只能更卖力地咀嚼,
以盖过耳畔,念珠清算的声音。
窗外,迟迟未落的夕阳次第点亮额顶,
若是在十年前,我兴许会将它比作丰盈的蟹囊;

可如今,那浑黄的样子只会叫我想起床头
沉甸甸的尿桶,满载一壶失禁的日子,
摇晃着,等人倾倒。

李郁葱

兽钮

把玩这小小的沁凉,在石头的沉默里
它在我的手心被包上一层油
这裹住了的玲珑:边角料中的窍门?

这些:狮、龙、凤、虎;
这些:螭、辟邪、饕餮、麒麟;
这些:驼、龟、熊、蝙蝠……

出于真实或想象的奉献,这些图案
栩栩如生却也许是子虚乌有
它定义了一种标准,以至于我们认为

这些都是真实的回声,面目狰狞者
被慈眉善目的表情越俎代庖
轻盈的一枚,能够替代我们说出?

为了能够辨别出时间里的迷失
这些图像的地址,被刻刀所迷惑
让我们得以说出它们幽暗的影子

一个名称的镌刻,就像我们
在这俗世中携带着自身的符号
从事物的形状里捕捉到那些稍纵即逝

李元胜

日常课

削苹果的人，突然呆住了
原来，他削去的不是果皮

在削去晚霞和浓荫之后
山谷的尽头，一个寺庙裸露出来

带着浑身的伤口和鲜血
它依然是美的，是寂静的

透过积雪融化的窗户
他看到早年失落的那口钟

光芒依旧，坐在钟里的四个僧人
身着褐衣，沉默依旧

仰俯之间

孔子是一个洞穴,朱熹是另一个
能给你提供庇护的,必定有着不同的黑暗

庄周的蝶,梁祝的蝶,都有人间之外的翅膀
能帮助你挣脱的,必定来自相同的绝望

李壮

啄木鸟,你……

啄木鸟,你怎么会出现在
这样的地方?这是二环,这里只有

九十年代的水泥,它们被捏得方正
里面装着我们。啄木鸟

我去楼外抽烟的时候听到你敲个不停
亲爱的其实我们是同行

你敲树、我敲语言,你和我都活在
那些空心的、奥妙的事物上面

我们都想从空空的洞内
衔出真理。我们并不怕失望而回

我们对此已经习惯。我们终究

都还要死回到大地上来

然而我敲击键盘的声音
远远不如你敲树好听。你急促而响亮

那些纯角质的"咚咚咚咚"
每次响起都像是密集的句号落下

接着便是漫长的沉默。弯曲的枝丫
在你的头顶静止不动

那是乔木写出的弯钩,是问号的上半部分
但问号的下半部分被你啄掉了

那些密集落下的句号
都是被你啄空的、本属于问号的点。

你是一只不存疑的鸟。在你的生命里
没有问号。你只给判断句

有虫还是没有虫。树活着
或树已经死了。你这残酷的好鸟。

啄木鸟,我想象你的嘴巴是鲜红色的
那些被你敲开的树门

全都像玫瑰一样盛放。啄木鸟,
你来敲我的沉默吧

从我所有的言不及义里把句号们
依次敲下来。让它们坠落如同急雨

让我在急雨中把能够说出的全部说出
你来把我的沉默像树一样敲开吧

让我的沉默做光的入口
让我的沉默都盛放如同玫瑰

梁平

粮食问题

我无法全部描述粮食的形状，
一个纠结很久的问题，一直纠结。

粮食从土地魔幻到餐桌上，整个过程，
罗列人类最神圣的宝典，不能穷尽，
不能轻描淡写。

人非鱼，有的记忆根深蒂固，
比如泥土、草根、树皮，天上飞的地上爬的
算粮食吗？确实保过好多人的命。

为了粮食，那年麻雀归类"四害"被全歼，
虫灾汹涌，土地几乎颗粒无收，
碗里清汤寡水。

一粒米难住英雄汉。小麦、玉米、红薯，

以及其他称作粮食的粮食约定俗成,
只能画饼充饥。

粮食必须回到粮食,粮食形状的千变万化,
是风向标,米面拿捏的模样越多,
日子越斑斓,越有滋味。

果腹即可的潦草已经久远了,
现在吃饱、吃好不是问题。问题是如何
把持风调雨顺,稻菽翻卷千重浪。

人民在"国富民安"大词里的烟火,
高高举起,可以抵御延绵的疫情
和突如其来的战争,粮食放之四海而皆准。

记住袁隆平被深耕过的脸,沟壑交错,
每一道刻痕都是粮食的形状,
整个世界都可以包围。

书院西街

书院西街的如是庵,
十字路标准,东西南北貌似贯通,
路牌风吹雨打,指向不明。
在此,圈养我丛林里的文字,
如虎,如豹,一敞放就万里拉风。
窗外太古里珠光宝气,
与我格格不入。
我对脂粉过度敏感,
以至于鄙视一切过度的抒情。
在十字路口,我的文字,
如是,注定和我一样桀骜不驯,
积攒了一生的气血,
掷地有声。

梁鸿鹰

无名诗人

经常对着昏睡的熟人
朗诵紫色的小诗
不为消遣不为掌声
即便一句半句闲情或锋芒
也非刻意
内心曲折抢着化为青烟
一个老者喉咙里的声响
只传达三五克分量

半辈子写花卉、太阳、老玉米
头发白成祖父的时候
纸上出现儿子、孤灯、父亲的耳光
夜里小风吃紧
西窗冷照无眠
读赵令畤《侯鲭录》
叹书后日月匮乏

分享司马光《西江月》

为"相见争如不见"辩护

衰年无意登山

犹记团泊洼的小径

郊外僻静处喝水、散步、大笑

做个不痛的菩萨无喜无悲

耳膜破了

还有眼睛

眼睛不听使唤的时候

用头脑谈话

每天清晨轻咳一声

人，依然站立

梁积林

在博雅尔草原遇雨

岚雾升腾
一只鹰在半空里忽忽隐隐
匆匆忙忙地驮运着那些积雨的块云

雨下起来的时候，鹰已隐遁
似乎还丢下了一声做别的唳鸣

天大的，只有一匹马在坡上滑动
天小的，只有两个人在偕行
真想给那条迷途的小路命个真名
真想在那个山丘上建座古城

这天下，好像只有扎斯隆布和他的羊群
这人间，仿佛我们是第一次来此相依为命

天已黄昏。一顶褐子帐篷

一道闪电,肯定是神挑了挑灯芯
隐隐约约的狗叫声
像是山梁上,有人一直在为我们
一晃一晃地打着照路的手电筒

梁小曼

甲虫

一个行夜文雅的姿态,不意味
蛰伏于地牢的步甲兵团不卷土重来
索要一个新娘,孕育中的幼女
她不可测的命运,星盘中变幻

我们丧失那极乐的花园久矣。在行夜中
委婉的修辞,温和的语调,一个黑甲兵团
穿过极边、烟瘴,抵达离散之梦乡
模拟使者的高贵风度,索要一个新娘

使人无法拒绝,从茧房中拣选必须被放逐的女儿
如果这是罪行,它是甲虫帝国的命运——

几千万颗虫卵需要被孵出

如果这是婚姻,那尚未苏醒的女儿即将

流于幽州，放于崇山——若有必要，从此
她的颈上多了一条延续皇族的锁链

廖志理

河口黄昏

终于
来到这澎湃的河口
我已不再蹒跚
当所有的岁月在这里激荡
透过奔腾的烟尘
欢呼的浪花
我拥有了如此壮阔的黄昏

这是我的黄昏
十万只贴水低飞的燕子
十万匹贴水低飞的晚霞
在这里
我看见内心十万隐忍的群山
已经震颤
倾斜

刘苏

无题

一道围栏外面的水泥路上
我突然看见一截扭动的金属
像一条虫子那样弯曲着
蓦地我停下脚步
仔细甄别
它的确不是虫子
而是一截弯曲的虫子一样的金属
连它身上的螺纹都像是虫身的褶皱
阳光下它发出亚光
并呈现某种流动的固态

刘向东

大老鹰

打小管鹰叫大老鹰
随手一指说：看——
大老鹰，比天还大

那是在上庄
上风，上水
大老鹰领着云彩飞行
或盘旋于花宝石北山之绝壁
一双翅膀扇动山风

有时大老鹰是静止的
像天的补丁
似乎没有它
天就有漏洞

绝顶之巢

疑似天上
云里雾里如白天的星星
山猫独自看见大老鹰的蛋
说是蓝色的，比天还蓝
而且有星云一般的花纹

因为见不到大老鹰的尸体
都说它活到老，飞到老
持续飞升。而我
让它在诗里搏击直到燃烧
变成火烧云

远离大老鹰的日子
老是怀想
它的影子

只有在大老鹰的影子下面
你才能感觉它的分量
只有大老鹰的影子从山脊碾过
你才知道什么叫作山响

也只有在大老鹰的影子下面
你才有把握认定

大老鹰已经老了
而它背负的天空忒重

把天空交还给天空的时刻
即将来临

刘秀玲

雪

温柔绵软地下吧
铺天盖地的大雪
一笔一笔描绘江山
缝补大地、河流，还有老树缺失那一部分

扮成梨花、杏花、梅花站在枝头
为所有的缺憾而弥补
好像没有冬天，好像从未凋零
好像天空并不灰暗
好像世界永远一片洁白

卢卫平

不明之物

他希望快点来电
他在灯光下能看见不明之物
他记得蜡烛在哪个抽屉
但他不敢去抽开那个抽屉
他走动的声音
抽开抽屉的声音
会使不明之物更加晦暗
不明之物发出老鼠啃咬衣柜的声音
老鼠是他的属相
他从来没怕过老鼠
他恐慌的是他无法判断
不明之物是不是老鼠
他潜水一样屏住呼吸
在被子里一个翻身
不明之物在客厅的餐桌上
发出蟑螂练习飞行的声音

他七岁后就不怕蟑螂
他曾用拖鞋拍死过近百只蟑螂
他恐慌的是他无法判断
不明之物是不是蟑螂
在他感到额头上有丝丝冷汗时
来电了，壁灯柔和如丝绸的光
让房间里每个角落被宁静笼罩
他庆幸一年之中他在夜半醒来
壁灯睡着了的时刻很稀罕
他疑惑是漆黑让不明之物
发出了乌有的声音

鲁若迪基

天井寨

从天上打下来的
这眼井
不偏不倚
打在山头上的古寨
神仙在这里取水
土地爷在这里取水
侗家人也在这里取水
他们时不时
碰在一起
黄道吉日
还戴上傩戏面具
一起登上鼓楼戏台
来一段侗家"咚咚推"
让土地爷
允诺来年的收成
让神仙背起
最勤劳的农人

鲁橹

山顶

被闪电照耀。那上面空无一人
只有乌云翻过。乌云翻过
那上面空无一人

我一直以为人类才有最高的智慧
从不熄灭理想，有最高的翅膀
从不停止攀越

而闪电照亮山顶
闪电不需要智慧
乌云也不需要——

有些事物生来就有翅膀
且不需要智慧

陆健

得闲读好诗

翻开一本诗刊
文字的草丛中,有几行
颇为亮眼。谢谢作者啊

好的诗句,就像幼稚园
小朋友群里忽然站起
一位胸部饱满的阿姨
体态修长,双颊红润如修辞

就像绿树,忽然从怀里
掏出火焰般的花朵,灼痛你
像失败者拼尽最后的力气
站起来
他和胜利者获得了同样的尊重

这半年,只读到这样的,两首

我折服。我享受。想想也是好诗太多了,人间怎么办?

路也

临黄河的客栈

客栈临的可不是一般的河
枕着黄河入睡的人
身微言轻,也会血脉偾张
肺活量猛增

赌气睡在了黄河边
与河面只隔了一道木围栏
今夜,北中国的大动脉奔流不息
替我表达悲欢

谁能说服一个正跟天地赌气的人
去循规蹈矩地生活
谁能命令一个活成"苍茫"之同义词的人
去认领一些干巴巴的概念

星星升起在河面之上

挑灯展书卷,窗下万古流
一条大河做了两省分界线
心跳与万有引力之间可有关联

夜深了,众山在黑暗中肃穆
大水轰轰隆隆地响,风鼓起腮帮子在吹
夏天的麦克风对着
一个从世上逃离的人

罗德远

我从未与生活为敌

天空何其高远
大地足够辽阔
一缕来自乡村的风
一只彷徨的黑蚂蚁
我的天真
从未与生活为敌
也从未被打败

作为流动的风,必须奔跑
作为觅食的黑蚂蚁,只能蜗行
我从未与生活为敌
只是为了绕到生活的背后
将其拦腰抱住
直至目睹:
大地已被我踩在脚下
天空其实一直在原处

罗鹿鸣

巴音河之恋

将青春的影子反复掩埋
如那割舍不了的流水与河滩
祁连山的雪风偷偷来袭
将手挽手的痕迹封存于岸

河畔坚贞的杨树林
翻飞绿叶婆娑的爱情
热恋的滚烫语言
以黄叶的形态付之河心

冰雪里冻僵的巴音河
像一条蜕落的白色蛇皮
在德令哈的大野之上
仿佛一把坦荡光明的利刃

吕布布

长安

过去的一把铁锁,它沉重而性感
隔离正确的钥匙太久,体内咯吱声
失却了精度,只能起到制造神秘的
效果。它要保管的对象已部分废墟

寻找与打开都是毫无意义的技术
但遗落的锈迹和心脏跳动的紧绷
都证明了在那一刻,一个犹豫的人
在转身离去时将进入回忆的宝库

大地弯曲争高,新的现实加倍暗蚀
云搅动一本南山与秋色的笔记,没有
通情达理的修辞敢加进去,鼠标
将一条岔道、一个凝视误认为错谬

道路无法不将尘埃与未知延伸

选择林中另一条路之后,走在
靠近海岸线的地方,香水味的森林
美化脸,褪色的污垢蓝天映衬大海

告别金门长安,那扇门和那扇窗
同时打开的一致性并不能使人自在
梦境绝美,四肢跟不上思维的滑行
其实都是个笨蛋,是个聪明的笨蛋

走木火之地,海水看作日常灰烬
那个祈祷吞噬光芒的人,因此快乐
在太阳升起时,疲惫与希望中仁慈
更占主导意志,倾听同时代人的话

要承认费解的本意,惊叹之音固定
在辽阔的耳膜,覆盖着所有不安
若诗勾勒不出天边,云压在坛子里
时无朝夕,坛子外面是厚土的幻觉

吕约

杀神经

牙痛失眠三夜,我拍打右脸
跟牙根深处尖叫的神经谈判:
来,如果你向最后一片去痛片投降
就可以和迟钝的肚子、大腿一起
陪我活到世界末日
——它拒绝了,继续煽动其他神经
从麻木中苏醒,膨胀
仿佛它是苏格拉底或鲁迅

闭嘴,神经!不许你学苏格拉底
为自己做临刑辩护
更不许学佛陀伸出手指,说豪宅已着火
不,我不恨导致疼痛的病变
恨它就等于承认自己的无能
还是恨你更轻松

牙医启动断头台，抽干牙髓，拔除神经
再把缓刑三年的病根深藏起来
现在，支撑它和我的
是最结实的空虚

M

马铃薯兄弟

一个画家

一个画家可以画出什么？
你断想不到这个身体强壮的桂冠画家
每天做着同一件事
画着同一件事物——
他画黄色的手，托着金黄色的大饼
他也尝试画白色的手，黑色的手
棕色的手：捧着东方的大饼
这些男人的手和女人的手，全世界的手
大饼和这些手，的确可以诱惑饥饿者
这些各式各样的饼：长方形
正方形，圆形；平整的或翘角的；
实面的，或发面的；巧克力的或者辣椒酱的
有的点缀着芝麻粒儿，比如馕
哦，伟大的画家，他想喂养每个人
他把每个人都当成了大饼爱好者
连同他们的心智，都要靠他的大饼喂养

马文秀

羊皮筏子

黄河边,坐满手艺人
他们的双手
在落日下格外精巧
才华隐约在光线中
似乎要挖掘出
一条属于自己的河流

制作羊皮筏子的人
眼里满是生命茂盛的状态
双手藏着破浊浪的决心
他抬头微笑
以爽朗的嗓音
讲述羊皮筏子的历史

划着羊皮筏子的人
用动情的山歌

拼命在黄河的险滩中

凿开了一条路

马叙

云中之羊

羊与云,在天上互换。
居于云中的羊的眼睛,更加
乌黑湿润了。

羊反复练习轻,云练习死亡
"这游移、聚拢、消散、美"
每一处都有致命点。

仿佛朝向最后的积雪
生死那么轻盈,无声手枪子弹射出
触及之物,全被消声。
云中的羊,腹含水分与青草。

这只
洁净的羊,仍是云中芒硝,且远。且
情欲之美隐约。

马知遥

暮色的秋天满载而归

那一头扎进原野的列车
满载一车的秋天
在翻滚的土地上
暮色的大海上
烈烈如风

这孤单的行者
让整个黑暗加速降临
空旷更加空旷
黑更加黑

路过的城市和乡村的区别
无非是多了一些灯火
有些明亮
有些拒绝明亮

毛青豹

山丹军马场

我总以为
祁连山的冰雪，一直
和马场滩的一只狐狸有着纠结
月光下汉朝的服饰翩翩起舞
霍去病挥动的刀光剑影
依然在草丛里泉水叮咚
一列飞驶的列车
仿佛划过时空的流星
马群遗留的嘶鸣，更像
发光的金卷缀满每一棵树梢
潮湿的记忆每每孤寂
祁连深处一泻而来的绿浪
飘荡着虎豹原始的吼声
草原有着阳光冲动
无论岁月多么蹉跎
我总是喜欢扶起祖辈的犁铧
翻出土地新的浪

米夏

雨石山

等我,还是我找你?
我和你,在这里遇见
这块山石,敞开祖辈的胸膛
阳光开始升温。等一声
应许,就可以飞起来
山风吹来林禽的绒毛
有你、有我晃动的身影
我和你置身高处,看着自己的寨子
炊烟匍匐。若是清晨
会听见石头在歌唱
磨平自己,亦如我躺在石头上
被推醒。脊骨像日光临幸一般

旻
旻

我的爱又叫作安静

在玻璃和天空的拐角处
盛装如头戴洋甘菊花冠的云
我怀揣火焰和接头暗号
把一寸光阴写成漫长

三月的雨天和晴天延续
没有尽头。午后的佛号,镜子
手心的纹路和凤凰单枞的香气
是琥珀中凝固的时辰

在镜子前踯躅,光省去疾病
那部分,身体成为完美的乐器

眼睛轻轻闭合
像珍珠回到辽阔
此时我的爱又叫作安静
仿佛天堂借来的一抹蓝

缪克构

出海口

史蒂文森将河流的流动
比作像猪一样用鼻子嗅着往前走
"向着出海口的流动中哺育它们自己"

站在出海口,我想起我的乡人们
谁也不愿意把猪群赶往大海
他们情愿那是蛟龙入海
那是泥牛入海
甚至自己投身大海

我见过那样的奔跑
的确应该是万马奔腾
把群山搬空,留下一个村庄
看管那失血的大地

姆
斯

春假

你来我厨房，鱼一半肥边被挖去，
溢着腥味，而没有开场白。这一段很好解释：
一个人活得寂寞；一对风才作冷暖流。
你试图说服我那种风情，别人也有、
也曾享用，漂上汤表面似油滴和葱花。
你试图说服我午时便有步声驱赶，那刻
无论新鞋是否合脚，也当逃跑。你说，却只会
被打断，于是折中。我们计划好短短的假期，
结束后你便从容离开，但那之前我们走林子。
石头入水，后脑勺亦漾开漂亮的回声。
在那之前我们抽对方的烟，雾缭绕，
更胜床底扬起的旧灰尘。你曾在它落定后
坐在床边，某一刻都像透明的，其他时候
比白更白，感谢我，为一段毫无重量、
最干净的感情。我搓掌心，好像要抹除
脑中对地址、面孔的记忆；那样手书不再方便，

开春也该远走。祝彼此新年快乐,一向是问句。

问你,是否在最无忌的年华选择相信。

木叶

论一只蚊子的溺亡

远行。归来。开门。开灯
一只长脚蚊悬于玻璃杯中,死后的风
突然吹过圆形水面,它微微一颤
有一种豪华,有一种轻盈

慕白

回家的路还很长

注定会和所有的人分手
我不再嘲笑那个刻舟求剑的人
谁的一生不是打水的竹篮
时光的风一天天吹在我身上
也没留下点什么
就像我每天早上起来
喝下一杯水,再吃早餐
其实是徒劳,谁都无法长生不老
如水中月,我的房子
盖在空中,盖在自己的梦里
下雨了会出太阳
天晴了又会打雷,会刮风
一个人就是一座庙宇
和尚念经,屠夫杀猪
各走各的路,各修各的浮屠
树绿着,太阳还在黑夜里

回家的路还很长

我可再搭一些积木

我和许多人一样,深爱这世间

不缺推着石子上山的勇气

我站得太远,不敢走近真相

总有一些东西比生命

更重要,比如正义、爱和善念

我缺的是

一颗失败的心

N

娜仁琪琪格

仰望

我站在这里　雨中久久地站在这里
就是为了看到这一刻　在浓厚的
压迫沉重的　铅灰色的积云中
明亮　撕开一个口子
露出微渺的蓝　浅淡的蓝
一丝丝光线的蓝

这是经过巨大的酝酿　忍耐　煎熬之后的
突围　突破　冲刺
如婴儿的诞生
这露出的光　是走出黑暗的灯盏
是照彻晦暝的希望　是巨大的涌动

是羊水的抚摩　微漾　一浪高过一浪地推动
终于　现出的天光

倪湛舸

重要的事

下雨天才能做重要的事,
烧柴打铁、剪羊毛还有盖房子,
雨落在山冈上和峡谷里,
为了更好地看雨,我们摘下眼珠
挂在窗前,挂在一起的还有彩灯和纸船,
我们来数一下落在水桶里的雨点,
花的盛开和王朝的衰亡都不能抵抗一滴雨点的重量,
被砸进土里的水桶聚了一圈又一圈,
这就是我们勉强活着的样子,
驮起好不容易积攒起的水奔走,
奔走着漏光赖以生存的水,
是谁在扔石子激起涟漪,
是谁把头伸进水桶寻找星群的倒影,
只有在下雨天才能做重要的事,
只有在水桶朝天敞开的时候,
我们才能睡死过去……等待重生。

聂沛

因无限渺小

"那是多么巨大的爱情"
我第一次
在一个纪录片中
听一位年老的保加利亚农民
对金婚妻子如此表白
他家的院子开满了玫瑰
而旁边就是墓园
还有那
"巨大而仁慈的死亡"
他喝了口酒,又
补充了一句
我们都在它们的庇佑中
因无限渺小而
深深感动

P

蒲小林

白水河瀑布

在深山盘桓得太久,白水河一狠心
把自己挂到了悬崖上

明明是激流在向下奔涌
却又像谷底的水,在往上跳跃
到了绝壁,这两股水,紧紧拥在了一起
仿佛某些难以调和的力量,在濒临绝境的时候
突然达成了和解,瀑的从容、磅礴,与岩石的
突兀、嶙峋相撞击,形成巨大的烈焰
像是水突然被点着了,又像是火,融入了水

我不敢肯定这就是传说中的水火相容
但相去天壤的两道激流,的确在这里完成了
对接,所有的浑浊,也随之回到了清流
我也不得不相信,天地间确实有一种
隐形的力量,在暗中指引着万物,就像眼前

这道瀑布,它悬在空中,仿佛河流亮出了
最洁白的一段,又像是水
走出了自己

Q

伽蓝

压肉

阳光正好,大哥在院子里
收拾猪头。他把火搐烧得通红
烙着猪脸的皱褶,丝丝
焦糊的蓝烟。之前,已经
尖嘴钳子拔了一下午猪毛

二十斤重的猪头,蹲在凳子上
一动不动:眼睛紧闭
嘴半张着,舌头回缩口腔
像在笑,却不发出笑声
对着从死里谋食的人

——大哥神情专注,仔细
处理每一细节,像个艺术家
尤其叼着烟的时候
烟灰长到一寸,才弹落

这冷飕飕的劳动的时间

做好一切,还要清洗
温水、铁丝球,反复搓
然后,挥动斧头
从中间劈开,动作和劈柴
保持一致,一样要小心

劈到自己。猪头将证明
死是坚硬的,同时也
证明死并非不能对付
有时候,也会任人摆布
像现在这样………

院子里支一口大锅
冷水焯一下,再换水
加上全调料慢慢煮
到骨肉分离。猪耳猪舌
会留下,其他包好笼布

搁在木箱子里
盖好压板,压板上放块
足够重的石头,压一夜

就差不多了。肉是长方体的
切成小块，吃起来很方便

R

荣
荣

如果阳光在轰鸣

如果阳光在轰鸣,那是惹上了大堆的蜂群。

也许还因为太多呼啸着赶路的人。
这些趋光者,有太多的奔涌太多的急切,
太多的不知所措,太多不同的风向。

或者就是落叶,当它们理所当然地漫过
光明大道,你会听到大量骨骼
潮水般碾过的碎响。

也可能纯属个人黑史。那是你从闹市
努力归来,你想摆脱的远超你所浸淫的,
激情或衰败的喧嚣,飞舞或静止的阴影。

一定,一定还有另外的人,如同你,
大太阳下听到了同样的轰鸣,
又一次感觉到成吨成吨沙土的填埋。

S

沈苇

格鲁吉亚电影

在格鲁吉亚
电影已变成持续的绘画
沉郁油彩中绵延的静默

尼克·皮罗斯马尼[①]他只是虚构了一场醉
用半块奶酪、一小杯葡萄酒
……废墟般的村庄
石头房子，木头房子，瓦片房子
山坡与旷野的寂寞
第比利斯走不到尽头的
鹅卵石街巷……是时间本身
流逝、凝固和倒逝本身
枯黄、萧瑟的草地上
奶牛和绵羊，石头般默不作声

---

① 尼克·皮罗斯马尼（1862—1918），格鲁吉亚原始主义画家，善于在黑色画布上作画。一生贫困潦倒，死于营养不良和肝衰竭，死后崛起并成名。

那种哀伤，如同牺牲了头颅

尼克·皮罗斯马尼
他取缔故事，虚构一个
可以寄寓其中的废弃的楼梯间
虚构饥饿的胃、快要衰竭的肝
虚构葡萄园里奔跑的天真
浓须男人用双脚踩烂桶里的葡萄……
然后，进入蒙昧、幽暗的酿造
如在先人墓穴虚构一个上帝
——笔触即祈祷，即战栗
他发现自己已跻身黑暗童话
一缕不易觉察的光里

在格鲁吉亚，黑色画布上
一只沉甸甸的红石榴
也回到了中世纪……

布罗茨基的拥抱

"拥抱你们的苦闷……"
布罗茨基对达特茅斯学院的学生说
有学生攀越群山,登高望远
有学生躺平于草坪,与晨光嬉戏
有学生跳入窗外的苦闷之海
沉得越深的,浮起得越快、越有劲
像鲸鱼,朝天空喷射高高的水柱
苦闷之海连通一颗颗年轻的心
连通太平洋、大西洋、北冰洋……
医生对悲伤者使用药物
东试试,西试试,经常试错
布罗茨基不是医生
没有一粒最小的药丸
只在医院停尸房干过活
继帮助过他的恩人奥登说过
"请相信你的痛苦"之后

布罗茨基恳切地告诉年轻人:

"颂扬并拥抱你们的苦闷!"

笨维

仙人冢
——致陈抟老祖

天下仙人中有一个不修仙的
他不升火
不开炉
把御赐的点心
抛在华山的云上

与道人痛饮几杯而后
睡上百日：
再看
就给你看我的睡相

将太阳和月亮摄入梦中
江湖作酒
把人间灌得迷醉
要小憩

便倒在风中

一回在晚唐
另一回在古蜀
为我们
不值得他醒一回

要醒
便醒在华山的云端
肉身的杯盏交由梦身来拿
再与道人痛饮几杯

树才

暂寄

此地暂寄,告一段落了
担当①已卸下重担,我仍然
必须把一条心路走到底
沿途客栈,偶尔可以一歇

可不要被路边的花草迷住
每一条道路都像一条蛇
尘土偷吃了脚印,没有人
相信一棵树正含泪飞奔

父母给了我路过人世的
机会。风景只是一种挽留
苍山一别再无别的苍山
从此千山万水就只是路过

---

① 担当(1593—1673),俗名唐泰,后出家为僧。诗画皆佳,尤精书法。在圆寂地大理感通寺,尚存他的书法"暂寄"二字。

铄城

窗外

树叶越落越多
鸟鸣越来越少地来到树梢

马路上的人群
在寒冷中不断加速

池塘中的鱼群
用缓慢移动保持着低脂的热量

我在温暖的窗内
用孤独和万物有过短暂的对视

宋德丽

翅膀丈量海拔高度

心抵达旷野

火熔炼生物圈的秘密

一只鹰飞翔高原的天空

翅膀丈量海拔高度

眼中释放火焰追逐

峡谷中奔跑的羚羊

扑腾的羽毛如猎手的箭

射击生物圈的飞鸟

收拢目光飘落羽毛的灵魂

眼中燃烧的火焰

飞过断裂的岩石

饥饿的叫声

沿一条河流寻找原始的生物圈

苏奇飞

存在即异乡

在推土机推平的黄土地上，
一片新鲜的橙黄色。
而远处，一片暗绿色的混沌。
在经验和已知的外域，
没有词语，
他者如何现身？
而推土机那来自异乡的
含混的方言，
带来事物的限度与不确定性。
那未曾洞见者，
那不被经验之物，隐遁于
更远的
未知的荒野。而四周
处于水准仪目光
清晰的察看中。在推土机
功能主义的链轮下，
存在即异乡。

孙思

月亮

一枚月亮,是阔大时空中
所选的小

它的行走,如一个词牌
一直在平仄里

像某个走了多年的亲人
只要一抬头

他就坐在月亮里

孙文波

夏天辩

从图画中获得的灵感，把左右
均当成营养，由是颓废、奢侈都是
锦绣，一张图悬挂在醒目处，
重新定义了继承的意义，在泥沼中也能
找到坚硬的基石。站立，让人观望，
如铜柱闪烁光辉。然后思绪一转，
看向天空，六月，酷热是从哪一朵云降下的?
落在靠窗摞着的书上。丝丝气息，散发墨香
钉在身上。使人觉得，心肝肺
正生成一个火炉。问题是，这些变化
并不能转化成一种动力，譬如说，带来诅咒。
把季节凝固起来，就像用冰箱做冰激凌。
牛奶加芒果汁。只为了爽口。感觉
有一个永恒的冬天。问题是，喜欢雪封门吗?
白色一片，给人纯洁的视觉印象。
向更远处眺望，任何一个其他颜色的物体移动，都是瑕疵。如果是人移动,人就是瑕疵。
很多时候,无论在哪里,做什么,
人的确犹如瑕疵。这一点,不接受任何辩驳。
其实也不需要辩驳。谁能够辩驳
六月的太阳与十二月的太阳的运动轨迹?
向北,或向南的偏移,只与建筑选择的方位
有关。还和喜好有关。在朝西的高楼上,
太阳在傍晚呈现的橘红色,阐释壮丽一词的
另一种含义。激起的是精神的三维波动。
涟漪,一层层扩散,最终定格在人
终究不是神上。甚至连画布也不是。

焚烧落叶
　　——为父亲而作

把院子中的落叶扫成一堆，
点火焚烧，浓烟升起，火苗摇曳。
我心中冒出霍尔的《踢树叶》，
写的是霍尔小时候跟随父亲穿过森林，
走在厚厚的落叶上面，边走
边踢落叶，听着它发出嘎嘎声。
（霍尔在诗中谈到去世的祖父和父亲）
我站在燃烧的落叶前支棱耳朵仔细听，
同样有声音发出；树叶燃烧
发出的爆裂音。我一边听着，一边看树叶
卷曲、变黑，成为灰烬（我的父亲去世，
也是焚烧后成为灰烬）。
我和霍尔经历的都是物质的毁灭。
不同的是，树叶在他的脚下破裂，碎片飞扬，
甚至旋转着重新落下（让他想到黑夜起伏，

像海浪一样翻卷)。我见到的是
树叶消失变成另一种物质(那些灰烬,
细细尘埃,犹如云朵堆积)。
记得我曾经读到的文字,说树叶焚烧后的
灰烬成为肥料,好像是磷或者钾。物质不灭。
是这样吗?落叶本身就是自然的往复循环。
等落叶彻底焚烧完毕,
我用铁锹把灰烬重新堆放到树的根部。
我知道它们的有机物会慢慢渗透地底,
变成养料。一个完美的循环。我觉得
我做了大事。我已经在想象明年春天
这些树会长得更加茂盛。不单长高,
而且还会更绿,散发出甜的气息。

T

谈雅丽

独自前往银河系

轻轨一直通向野香山
夕阳坠毁,像一座巨大的磨盘
灌木遮蔽小径,枞树、松树的细枝
时而划伤了我们的手臂

带我们上山的小姑娘叫星芽
如果走野路去鬼跳岩,就能俯瞰半个北京城
天漆黑一团,群星密布的峰顶影影绰绰
满山坚硬的大石,建造了黑暗的重影

灯火在山腰汇成一座明蓝色的小湖
像一条逐浪天际的海豚
至山顶,一轮红月亮正缓缓升起——
我们伸手就触到了深蓝的天幕
星芽指给我们看,脚下灯火璨璨
仿佛我们到达银河系,并在此稍做停留

两年后，同去的友人各自分隔几地
星芽一直在走青藏线，荒漠、高原无人区
她写下诗歌和探险笔记
直到三月，她在秦岭线的暴风雪中走失
谁料世事苍茫，她独自赶往银河系
——化为了一颗小星

汤养宗

一愣

人间尚有许多迟疑,理不清当中的没头没脑
但有点得罪不起
相对于大道煌煌,赞颂,光明行
凌晨四点的女人刘子媛,如是说:
"凌晨四点的鸡叫,提醒我,鲨鱼还没喂。"

幽香

生活在许多时候会一不小心便流出幽香
并具体到无比模糊,仿佛是
令光阴致幻的秘密,终于被公开
并有点仁慈地给出可以去
触摸的手感,回味
世界的那头,有什么已无法捂住。
迷人的宫殿肯定就在附近
某位工匠,以绸缎或者别的什么
隔开了我们与她的距离。
我们说世界的好
便是让有的东西无法看住
致使人间的一些微词,反而光芒四射
想一想,空气里永没有私有权
想一想谁的,也是你的和我的
证实世界正处在裂开的流出中,证实
那里有座天上的花房,依然汹涌和可靠

把我们对美的见识

又提高到了无话可说的沉默中

唐晓渡

一次止于腹稿的发言

女士们,先生们,晚上好,
但黄东奎会长说得才叫好。
少谈论道德,多探讨责任,
虽不必源于亚里士多德,却也让
《尼格马可伦理学》焕发出了新意。
而亚氏的尊师,也不妨请来站台,
不错,我说的是柏拉图,他曾宣称
要把诗人们逐出"理想国";但我猜
其本意无非是强调诗人们自成一体:不是
另一种人类,而是别有使命:为
理想的人类生活筑基。一个
真正的共和国,或它的原型,
即便永远隐身,也不可
须臾缺失。我知道,如此执念
很像是在推销一个乌托邦,或
一个笑话,其本质或许只是

被放大的自恋,但假如自恋

同时也能强化某种责任,为什么不?我是说

为什么不把一切的诗人聚会,都视为

那隐身共和国倏忽现身

留下的地址?是的,它没有也无须首都,没有

也无须设计任何旗帜,因为和平

就是她当然的首都和旗帜,尽管

远不是所有人都能意识到,追求和平

比追求战争需要更大的勇气。我听说

隔一天我们要去临津阁,三八线以南

一个著名的旅游胜地,一场为和平祈祷的仪式

正等着三国的诗人们。我愿意祈祷,但不得不说

祈祷,永远是一件有待学习的事,至少

在我是如此:舌头总是打结,是因为

再怎么默念,都显得过于轻易;更何况

一不小心,祷词就会陷入谶语。少时我曾

读过一首诗,《公无渡河》,又名《箜篌引》,

最早见于东汉蔡邕的《琴操》,短短四句,

说不出的凄迷:公无渡河,公竟渡河,

堕河而死,将奈公何!少时我更多寻思的是

那疯癫老人何以疯癫?何以悍不畏死?

而现在,我更想知道,目睹了那悲惨一幕的

霍里子高,一个摆渡人,以及他作曲的妻子,

在无奈的哀叹中，怀着怎样的心思？
故事久远，类似的情境，两千年来
却一演再演。哀叹复哀叹，绵绵叠叠，令
青史失血，箜篌羞愧遁迹，更遑论
那些被压扁的祷词！但祷词
就这么扁下去吗？去年在北京，曾有人
向我推荐他朋友的箜篌工作室，听他一边
演绎这神器和凤凰的关系，一边感慨
我们正身处盛世，我唯有微笑，不知怎么
就听见有人在耳边叹息。据"百度"，
临津阁向北，就是古时的乐浪郡；只不知
那小小的渡口是否还在？霍里子高的灵魂
是否远去？真想前往探访啊，只可惜，
只可惜……但是打住，我恐怕已扯得
太远，好在，还没有远过亚里士多德；而
由此右拐五十米，应该就能碰到
黄会长的警示，照我看，那才事关
诗人在世的真谛。以上发言
谨遵朴宰雨先生所嘱，至于是否算
韩国诗人协会周年纪念的贺词，当
以他说的为准。

田禾

上河的月亮

上河的人造月亮
在黄昏,悄然升空
它与宇宙的那个月亮一样
像一条河流,从天上
挂下来,吐出月光
如吐出一座海洋

月亮升起,与山顶的桃花
交相辉映,山变矮了
月光点亮了水底
的河灯,河水从一座
拱桥的圆孔下流过
径直奔向大海

当天空的那个月亮出来
天上就有了两个月亮

它们都各自紧拧着天空
高高地照着大地和万物
两个月亮在半夜有一次重合
那时它们在相互地磨亮

田
原

岛与湖

——郭滢滢的摄影图片与三岛由纪夫

有了岛，三座以上的岛

就有了湖

双眼皮的湖

花朵还原血色

瀑布无声，酝酿咆哮

眼神忧郁而澄明

折射出自戕者的原形

时空交错在

跟水有关的两个名字之间

岁月定格在瞬间

记忆跌倒在时间的刀刃上

岛一直坚挺着

与天空交媾

湖是湿润的盆地

等待星辰倾注

是谁坐骑蜻蜓

飞往虚幻的岛

又是谁划着小船

游向湖心

在岛上,在湖边

我想变成萤火虫

躲进抓紧大地的马齿苋里

照亮生者的面庞

和死者的幽魂

凸
凹

灯笼花诗

这些从地里长出的灯笼
红到了骨子里,不像那些碰不得的
俗物,一摸就脱色,连洗手的水
都红得有了胭脂气。大地的红灯笼
被藤蔓的立柱和绳索
挂在我家小小花园的东北角
风吹不熄,雨淋不灭
连头顶三尺的雷电,也不能令她们因失火
而大惊失色,及殃及池鱼
因为她们的存在,我家总是
大红灯笼高高挂,一年三百六十五天
天天都是节日。我家花园有很多花
但地下室的天窗能看见的唯一花
正是灯笼花。如此,地下室
这间二三十平方米的图书馆,其形而下的
无奈与苦楚,刚好被形而上的美学止损持平

今年夏天,郎酒庄园,我们
提着灯笼上山,把洞藏了一亿年的老酒
找了出来,把黑夜照成了白金
即便这样。即便我家的灯笼
昼夜长明,还是有许多物事,譬如
藏在内心的东西
依然是提着灯笼也难找

W

汪岚

桃花属于人间

桃花不善言辞
不像看她的人
醉或不醉都感怀一番
她们坦荡触碰高处的微光
开出最妖娆的诗句
在山寺在流水在笙歌
桃花属于人间

我看桃花,看的是一生知己
一年一度兑现笑意春风

王爱红

像一道闪电

如果说长江
黄河
像一道闪电
那么
汨罗江　扬子江
沱沱河　汶河　凌河
包括
无声地流淌着的
清河也是闪电

我看见闪电的照片
莫不是你的血管
你的叶脉
你心中的河

听啊

那怦怦跳动的心

滚动着

遏制不住的响雷

端午

像一道闪电的是屈原

平常的日子

像一道闪电的人

是你

一次又一次

不断地

把锋利的剑

刺向天空

我和你

在一条长街上

行走着

由东向西

他也许躲在荫下

太阳照不到的地方

你看

构成一个灿烂的白昼

正是一道又一道

重合在一起的

闪电

王二冬

八月的最后一个夜晚

八月的最后一个夜晚,王志国
瘫坐在临近站点的街边,空瘪着肚子
像一个被人拆完后随意丢弃的包裹
手中的烟,不断含在嘴唇,又夹上耳朵
天上的火已失去点燃大地的冲动
他盯着不远处的商品房,明天将要封顶
"封顶大吉",他默默祝福着
突然想起东河西营的老房子,今夏雨水多
老母亲还一人住在里面,年轻时
落下的腰椎病,连阴天就已疼痛难忍
若是雨滴穿过屋顶砸在老母亲身上
他的天还不得被砸出窟窿……
他不敢再想下去,在八月的最后一个夜晚
他没有休息一天,31天,434个小时
5890个快件,银行卡显示到账9760元
房租900元、饮食700元,剩8160元

昨天中午，他还花160块钱请合租的兄弟
吃了顿饭，他们在一起送了三年快递
那个兄弟说他坚持不住了，要回老家
他没有劝他留下，在他背包里悄悄塞了1000块钱
最后的7000块，在八月的最后一个夜晚
轻盈又沉重起来：大儿子明天要到城里上初中
妻子的工作还未解决，岳父中秋节生日
老两口虽然从没说过什么，可他心里都清楚……
他抱着脑袋，听到肚子在打鼓
站长说，从九月一日开始，总部要涨一毛钱派费
每天可以多挣15块钱
对面的三十一层高楼，明年春天的夜晚
将是万家灯火，他心想，天亮要跟站长主动申请
负责此小区的揽派，新的产粮区，他有的是力气
想到这里，他站起来，摸着满腿被蚊子
叮起的包，像抚摩不足三公斤重的快件
少数人的疼，挠挠就好了，绝大多数人的疼
尤其是中年男人，他们藏在心里
用肩扛着、用手拽着，跟跟跄跄奔向前方

王峰

最醒觉的明亮

新年初启。一个寂静的下午自成都
返航济南

蓝色的穹顶下,航路铺满
白细的雾

不见大地,不见山川
不见河流

只有侧窗外的半枚皎月,在层云间
忽隐忽现

是谁燃起
这开年的第一炷天香?

像是那黑色的夜,正把日光反复研磨

焚化，抟捏成塔

于万法的宇宙中，祭出疫霾之外
最醒觉的明亮

王夫刚

云层之上

飞机起飞时,我感到大地颤动了一下。
我的心,颤动了一下。
我知道有一些担心属于多余。
不过担心是不可避免的。
我没有翅膀,但将在空中飞翔两个半小时。
从冬天回到秋天,也许是夏天。
欢迎乘坐东航的空中客车。
空姐一个比一个漂亮,温柔。
因为她们是空姐。
云层之上,我在俯瞰。我喜欢俯瞰。
很遗憾浓雾一直弥漫到了江西。
我想应该是江西。
我看到了高山,河流,乡村和城镇。
大地上的事情当然不止这些。
大地上人来人往。
一个追逐的时代不培育仰望者。

飞机降落时我看到了大海。
我感到大地在颤动。我的心在颤动。
我的心一直都在悬着吗?
也许是吧。
云层之上大地成为必需品一样的记忆
奇怪的是我不能回答这为什么。

王家新

在别列杰尔金诺公墓

在别列杰尔金诺公墓,
在诗人帕斯捷尔纳克的墓园周围,
我们寻找着奥尔嘉·伊文斯卡娅的墓碑——
诗人的女友,拉丽莎的原型,
为他一再被捕、流放的人……
在她活着时,她甚至难以出现在诗人的葬礼上,
她在任何地方都没有她的位置,
除了集中营和冰冷的审讯室,
除了多少年后,根据她的遗愿
所悄悄安葬的这个荒郊外的墓园。
我们拨开茂密扎手的荆棘枝条,辨认着
一座座带十字架的雕像和名字,
我们找来找去,意外发现了
诗人阿尔谢尼·塔尔科夫斯基的墓碑,
女作家利季娅·丘科夫斯卡娅的墓碑,
却怎么也找不到她的那一座。

我们回到公墓大门口询问守园人,
但回答我们的只是摇头……
近半个小时后,我只好再次回到
那摆满纪念鲜花的诗人墓园,
向墓碑上永远年轻的诗人浮雕道别,
向松林间骤然洒下的一阵雨后的光照道别,
但却多了一份惶惑不安——
好像来到这里,我又欠下了一笔债,
好像我们永远不会再找到
那个也曾像天使一样为我们出现的人,
好像她的消失就是对我的一种审判,
好像在这满园的墓碑和树木间,
还躲着另一双无情的眼睛。

海魂衫：纪念一位诗人

在深圳的一次诗歌聚会上，
我看见有三位诗人都穿着海魂衫：
马兹洛夫、索菲亚、胡续冬。
索菲亚像是从黑海里冒出来的小仙女，
胡续冬嘛，我后来考证过，
最初是因为他的一个高中女同学，
从此他就把他的白日梦和一缕海腥味
永远带在自己身上。
来自马其顿的马兹洛夫呢？这位难民诗人
他穿着海魂衫坐在那里，
就像是在混凝土的码头上望乡。
三位诗人，三个海在我们中间流动，
这使我想起在我年轻时似乎也有一件海魂衫，
只是不知丢在了哪里，
即使它还在，我也不好意思穿了。
现在我只做一个看海的人。

我只是喜欢我爱的人替我把大海穿在他们身上。

现在，这三位中的一个已离开了我们，

在那深蓝色的天堂港湾里，

我想他也一定会是一个好水手。

王鸣久

蜂鸟很小

蜂鸟很小,比所有鸟都小。
它像一滴会飞的水滑过蓝天的额头,
甚至没惊动风的睫毛。

蜂鸟很小,比蜜蜂还小。
它的啼叫,是一粒六号字的啼叫,
这啼叫大于身体,
全体耳朵都可"看"到。

蜂鸟真小,比鸟网的网眼还小。
它穿网而过,那网
眼睁睁看它化作了整个天空……

蜂鸟真小!
——它在小于一颗子弹头的时候,
使那黑色枪口倏然垂下,
把自个儿射杀了。

王年军

给米沃什

时代的尘埃,北关的风
吹拂着立陶宛古公国
最后一个人类
在落基山脉寻找裸子植物
和矿物石头中储存的闪光
偶尔忘掉自己的姓氏
家族的来源,种姓
寻找本土的米娜·洛伊
或艾略特的坟墓

一百年是很长的时间
几乎被分成段
就像写出参差不齐的诗
时针扎穿周围的空气
但总有一天会结束
天空中的铁雨

不会惊扰奔忙的野兔

睡在东西半球的分界线上
人就会常做噩梦

被欧律狄克拖着
回到旧日乐园
忍冬花,蓝色的帆
但那已不存在,诗成为
横亘在两个半球之间的杠杆
在言论自由咖啡厅
读到雷克斯罗斯
没有想到艾伦·金斯堡也在旁边
英文缓缓地渗入吗啡

王璞

抒情：我改主意了

我改主意了：落日前，我要朝着远水，迈出右腿。我下决心了：尽快去学习分辨，含苞欲放的，是芍药还是牡丹。我回过神了：在变的气象中我真的回过神来。我明白了：凌晨零点，要原谅真正的自己，因为在所有令人心碎的关系中，我都和真理正对着。我改主意了：现在，也就是死前，我要迈出左腿，缓步行走，死前，即现在，我要真实地生活。

王山

空镜头

落雪时分

灵魂格外平静

纷纷扬扬

覆盖了隐秘的心事

雪在脚下发出细碎的声音

突显万物的寂静

当然也寂寞

洁白

放眼望去

满目的空镜头

我看不到人迹

只找到了

620年前

明代侧柏的感觉

一切终将老去

落雪亦如流水

当我突然想起

一位已再也见不到的友人

还有第二位

第三位

雪

依然在缤纷落下

如花瓣之雨

王小妮

开花的凤凰树

什么也做不了
难道你们还没发觉
只剩了抬头看花
一不小心
被一棵凤凰抱住
无缘无故被它喜欢上
光斑满身摇动
和花瓣一起闪闪烁烁
就这样闪烁着好像不错
不要跟我讲别的了

在海边

天就要黑了
西边最后红了一下
就不再挣扎
大块的黑过来把我们压低
但是只要过一会儿
手背上的白沙会慢慢显现
所有的暗处都有涌动
跟着潮水走一会儿
一路上只要高兴
就往水里放几颗星星
让背后也能亮起来

王学芯

倾向的问题

愚蠢总在扩大范围
梦想的界限彼此交叉　聪明只是自己一个脑瓜
迄今为止许多混乱而看不透的东西
在饱和的光线里　绿色与晦暗斑影
相伴相依

有时　我们站在一起或睁大眼睛的样子
目光中有所渴求的东西
几乎毫无二致

而事物或善良好像一片白色羽毛
不是模糊　就是落下嘴唇的微笑
种种情形　隔一层不是玻璃的空间
人际关系　外表　语气　或微微光影中的律动背影
留下了肋骨里紫色的淤青

外面永远是一面镜子

我在内心注视

王自亮

静物

最后一抹光线中,事物获得了
隐身的权利,开始传递黑暗,诠释光。
花瓶、陶罐和茶托从不开口,
这些静物的基座,具有双重缄默。
过一会儿,鸟儿翻飞着探入窗户,
扫视四周,打量影子的图案,并丢下一支歌。
造物主,你如此泾渭分明——
让那些器皿和底座保持沉稳,永不出声,
与花卉、水果与匕首同归于静;
却给予鸟儿以进入任何空间,
到处歌唱、寻觅和啄食的自由。
静物,连气息也若隐若现,如紫丁香
或毕晓普的诗句,无言地侵入灵魂。
我们从来就不知道在静物那里
发生过什么,只能想象其内部性爆裂
如同蓄势的手雷,或熟透的石榴。

吴个

季夏即景

又流动起来,堵塞已久的嗅觉
呼吸和暗青色的云
都进入降温。多遥远

在天台上练习宇宙想象
南风里有暴雨预感
黄赤交角倾斜,似花露水一瓶

车和车,在街道的交错中滑行
南方多柳树,行人撑黑色伞
等候雨。红灯前顿挫的

心脏鼓点,悄然收束
像每一朵牵牛花躲进自己
就把悲欢遗落在外边

我不再是爱捡贝壳的人,潮水
向后退去,沙滩露出嶙峋的基底
累累碎石磨花镜子似的眼睛

吴少东

通讯录

二三十年来手机换了十多个
但一直没换号码
两千多人从三星倒到苹果
又倒到华为,几乎没有
删除任何人
我将一桶流水倒进另一桶
滴水不漏

有些人聚过走过就不联系了
有些人走过散过又联系了
走走停停,停停走走
二三十里者,一两百里者
皆有之,千万里者也有之
我都给他们留着门
方桌上的那壶酒还放在那里

几个朋友早逝多年

至今也不舍删除他们

我的手机里有华庭,有冷宫

也有坟墓

吴小虫

正反

许多时候我感觉自己已经死了
我是在代替一只猫,或者代替另一个人
活着。
活他们未完成的生命和梦,爱与悲欢
在一瞬间,地水火风
一个事实是,一只猫或一个人
可能在代替我们死去
死去我们的悲伤、寒冷和灰烬
我常常用此反驳自己
就好好地享用现在并以一位死者的心态
从墓地返回的幽灵提醒世界
轻点,轻点,别让天平倾斜

吴颖丽

微小的事物

云朵们只管交出自己的洁白,
向江河逶迤的大地抒情。
羔羊们只管用虔诚的跪乳,
向自己的母亲致敬。
而那些快乐的蘑菇,
总能牵到伙伴们的手,
向雷阵雨做出繁盛的回应。

在呼伦贝尔草原,
爱的主角不是你,
也不是我。

草原上的爱,
属于那些你永远无法悉知的事物,
那些你常常一笑而过的,
微小的事物。

X

西川

内部

一块石头的内部还是石头以及对地壳运动的记忆
一块砖的内部还是砖以及对火的记忆或者遗忘

一朵花，开放的花，没有内部，就像雨，没有内部
而一粒种子的内部是四季，是生长的欲望

一只苍蝇的内部是我不认识的血肉
一只鸡的内部是脏器、血管、肉和骨头以及对灵魂的呆滞

一个人的内部或者是一只老鼠或者是一条龙
一个人的内部或者是一座村庄或者是一泡尿一坨屎

一个人的内部肯定是黑暗的，没有星光
一个人的梦想渐渐消失在他的内部

一群人的内部还是人，一群人的内部还有高山和峡谷

一群人的内部，过去没有，但现在有了，是一座银行

一座银行的内部坐着一个行长，有时他也变成
一个囚犯，一个教师，一个演员，一个司令

但一个细胞的内部是一个宇宙，它并不起源于爆炸
但一个病毒的内部是咯咯笑的魔鬼

就像一场人间灾难的内部是心机，是误判，是愚蠢
或者一口气的内部是惊慌，是悲伤，是死亡。

我欲言又止

在已然过去的春天,花儿开放,似有话说,但什么也不说。

今晨,鸟儿说了些什么。我没听懂,只能感受鸟鸣之美。

野蛮的鸟鸣之美、野蛮不起来的鸟鸣之美、有文化的鸟鸣之美。

当我赞扬某人言辞优美我就是没听懂。这样的大实话我只说一遍。

当别人赞扬我的言辞优美,可能是在侮辱我的智力,

但侮辱我的智力并不一定非要赞扬我的言辞。对此,我欲言又止。

一颗流星为一个健康人而下。流星不知道,健康人也不知道。

一群人为他们自己载歌载舞，居然唱得舞得平庸又过瘾。

我欲言又止地看街上疾驰如着急投胎的车辆，反省我脱离生活的生活，

停下脚步，认真听，听见有人骂我，想骂回去，我欲言又止。

与他人改动我诗中的字句、删掉我的思想相比，这不算什么。

萧开愚

市井三首

自诩的拾荒者

楼下的老头在厕所夜游,在天花板钻孔,
花式叫我,帮一把撕开马桶。
说是窗下枯枝发芽,瓷器必有夹带。

我递给了他一支黄鹤楼,我昨天买的假烟。

我告诉他,我近日朝南侧睡只是假寐。
他正在醒来但是退缩了回去,接着实验,
每一次急切,都比上一次更像上一次。

像他说的那样

丽丽离开我们十一年了。

她上楼梯在折上处撇头屈了几下手指，
闪没到二楼去了。
我们加坐一会儿，告别出来，
巷灯下说说笑笑，再次告别。
这时，有人扛着蛇皮袋避让，
我们更加避让，我们的减压的笑声
吓得他撞见计生干部似的。
后来在深南的肉店，她的弟弟
替付了账，陪同我们望山。
我们中的一个晨练，跑上跑下，
他说，他做到了从不上楼。

招聘处

天空减少了一颗星星。
一小时减少一颗。
一分钟减少一颗。

乡村公路稀疏了乡村的脚步，
市中心的商店等待着人味。
喝汤声，持之以开口音。

帅人儿左侧失眠右侧无助。

附和着药片，不则不行。

不行则背着一个包去填空。

潇潇

冷泉

我落在人群最后,喧嚣渐渐走远
享受独自一个人
坐在一块火山石的黑色上

许多执念像浮石的空洞
人世间争斗的死皮
终将被时间的鱼儿吃掉

我捧起冷泉,嘴里咀嚼着
数万年流淌的时光

从牙缝到喉咙到心肝
到阳光散漫的回甜,沁入肺腑
哦,久违了
这多么像自由的味道

谢克强

在长沙,听天河二号心跳

站在这封闭的房间里
骤然　我的思绪左冲右突
一个数字计算的门外汉
却想从计算的数字里
忙着寻找诗意

瞧它　以光与电的速度
整整齐齐列队　迅速走近我
令我抑制不住剧烈的激动
但我还是抑制住激动
静静　听它光与电的交响
不绝于耳

曾借云天的耳朵　品赏
黑白琴键交错起伏的愉悦
也曾借大海的耳朵　体验

潮汐波涌浪卷的壮阔
今天　纵有云天大海的耳朵
也品赏不够它心跳的诗意

每秒　每秒超十亿亿次
这是一个天文数字　也是
一个惊天地泣鬼神的数字啊
我知道　如果没有强大的心脏
怎会有如此快速的心跳

这强大的心脏　我以为
就是创新的科学技术

徐兆寿

再慢一些

慢一些
再慢一些
把每个汉字扶正
让自己气沉丹田
其实是把双脚
深深地附着于地上

是老了
还是明白了一些道
总之相信了这世上有轮回
今生欠下的债下辈子得还
哪怕是一根针
哪怕是一个念头
是的，都得还

这世上本无时间

有的只是不明究竟的因果

我们活在无穷的因果里

舍与得便是轮回

你和我即是因果

贪婪于此刻的得到

便会失去明日的自由

过去我不明白

争分夺秒地去拥有

现在便知道失去了多少

所以不再与任何人争

争，是多么愚昧

愚昧中我已过了半生

不，不能再这样下去了

要让自己慢下来

矫正走歪了的道路

过去我是一个农民

不喜欢太阳的烧烤

现在，我要与太阳和解

我要在合适的时间走在阳光下

接受它的抚慰

现在，我喜欢在清晨写字

那种古老的写法

不为什么

只为认清它的每一画

这一画从天上来

所以是一画开天

那一画从地上起

所以是地二生火

最后这一画是从我的心上起

所以是人三

三生万物，我是万物之一种

再慢点

你们看

人并不是一撇一捺

那是现代人，无法无天

人是双手伏在大地上，身子半躬着

向着天地祭祀的样子

那时，人的心中有诚

那时，人是有信仰的

那时，人不傲慢，很谦卑

只有现代人才追求快

我不愿意，我要从那壮阔的行列里走出来
慢些走
独自走

孤独并不可怕
那时其实有三个人在
天地人

这就够了

徐南鹏

一天

我试图整修出一块土地,好种些瓜果。
地里多石。翻地多艰。
我不惜体力。挖出大大小小的石头,需要我耗费几时,我并
　不可知。
石子各具形态,也会分散我的注意。
或许把玩石子也别有意味?
一天短暂,欢喜就好,怎么过或许不重要?
在一块尚未挖出的石头上,歇息片刻,我该想想了。
头顶上,星空旋转着眩晕本体。

徐源

父亲

雪落在大地,雪融化
雪知道大地缜密的心事

扛着农具的男人,走进种子
开始一生困苦。父亲,阳光移动影子
我即将爬到你
三十八岁的背脊,和被咳嗽推动的远方
我内心,布满树枝。哦!
小动物的尸骨,在原野奔走,它们兴奋
它们欢呼,而我没有伙伴
也没有玩具,没有你

风吻我的大衣
风走了,留下漫长的沉寂

Y

亚楠

尘土的秘密

说到尘土，我倾向于把
它和神话联系
在一起

我知道神话总能够从
尘土里采撷
让一个人的想象世界更加
宽广

至于被时间阻隔的山水
进入远古
从未展示的根部
就会有一种落日熔金的

悲壮填满整个山谷
而我已经从光亮里走出来

就像从记忆中

打捞起久违的惊喜

言若

文学生

我昨夜做了不好的梦
我梦见发音错误纠正过度
我的唇齿是白垩纪泥泞的滩涂
我梦见词不达意　欲言又止
消失的下文像天灵盖上半截箭矢
我咬字　参差的虎牙　没进英语的脊骨
古冰岛语　拨开日耳曼幺女汗湿的发
"哦，小布列塔妮娅——这是生长痛啊　不要害怕"

夜中　我与莎翁和诸神同饮
少年歌者　抱着英雄牌的奇特拉琴
她唱"语言是锦缎　语言是珠玉
奥德修纪中唯一的爱情
在乎佩涅罗培和她的织机
单周编制章句　双周拆解干净"
苦昼　镜中鬼影掐住我的脖颈

她哭"语言是蛛网　语言是毒瘴

是雨中湿烂的银杏叶　泡出的寡淡茶汤

两栖生物　进化未毕　透明的小腿扎在水里

流放于字间的空白　双倍行距

月下梦见黄金　日中吞咽淤泥

你指腹褶皱泛白　淘洗不出一克拉意义"

她说　在狄更斯的时代　人会变成纸

眉峰变成笔锋　唇纹变成铅字

哭笑变成主义　姓名变成单词

我半只脚踏进页间　踌躇不前

"会太孤独吗？活成一首诗"

雁西

春天的心动不需要理由

天刚刚有些亮,枝叶有些还在
梦中,而我早已清醒
鸟有几只,大多也还在梦中
很多的花,也都与露珠
轻吻,心情
随着清晨之风吹动
因为什么醒来,又因为什么
还在梦中
每一个理由都不是
理由,春天的心动不需要理由
似一架钢琴立在天地间
你是优雅的弹奏者,我是沉默
的倾听者
倾诉者与倾听者
在音乐中离开了孤独的空旷
太阳就要出来了

万物呢，也都将醒来
正好告诉你，也告诉我，开始了
真的开始了

杨碧薇

交河来信

"全球变暖,冰川融化"
一千年后,总算有人开始忧虑
这些看似缥缈的大事
那时,我的城早已用荒芜回应
魔镜里的繁华
当然,这并不妨碍它此刻
躺卧在亚儿乃孜河
甘甜的胸口
今年的阳光中了头彩,屋后的桑树又长出
多余的新枝
后院太拥挤,我打算在黄昏时卖掉
她留下的骆驼
以此换来足月的酒钱
朋友,长安博物馆馆长带走了我的琵琶
绿洲那边,龟兹乐舞还漫游在老路上
你离开交河的日子

我迎着白葡萄的光晕

写下 A 小调的诗句

杨不寒

扁舟过瞿塘

多么危险的姿态,怪石悬在半空
一座山凛凛然垂直于地表
它的对手甚至压过了垂直的角度
向着我们扑面而来。水波发生了弯曲

一束经验以外的力量穿过我们
让我们屏住呼吸。亘古长夜里的崩塌
在此刻成为拔地而起,向着我们扑来
我们挺直脊梁,但屏住了呼吸

站立在赤甲山下,每一个人都形同断崖
在甲板上投下阴影。哦,朋友!
那些深夜里的坍毁,同样赐予了我们陡峭之美

杨禾语

圣女果
　　——给×，在读她日记的晚上

把自己托举到全新的角度
至少四年，你敬业成一只相机
用记得取悦多疑
这行刑台拦腰截断的心事，
嵌不进爱人与历史的眼睛。
取景框指手画脚着小女子进化论
但倘若单面镜也算礼尚往来，这关系
比圣女果狭隘

为一盒圣女果，想起一盏灯的酸涩
红色飘过齿缝吻合你语气起落，
两种极端天气
也曾在我身体里争锋。
姐姐，你或许和我共享过
同一枚躁动如乳牙的时刻？

如果你茂盛到这个世纪,我一定能
学会握笔,而且是
最擅长清空过去的一支。
但看看现在,看看我
如何在你翻新的挣扎中一筹莫展,
在结局的位置,
残忍地揣度另一种可能

灯下,一枚圣女果超度了前世
会不会?你已寄居了更合身的时间
当我被允许更轻盈的脑筋,我会祈祷
在湾仔偶遇你,用
母语以外的腔调亲密
我们不谈进步,只谈谈
这南方小岛怎样四季如海,
这咖喱鱼蛋
怎样使我喉咙敏感

杨键

一根水草

一根干死的水草,
我在马路上捡回来,
放进鱼缸里,
没过十分钟,
它就活了过来,
就跟没死过一样。

耷拉

炎热持续近五十天了,
院子里的植物耷拉下来,
连水缸也似乎耷拉下来,
但从我家的院子里可以看见,
远远的山坡上有一片树林,
还在深冬里,正飘着雪呢。
一阵风吹过来,
那些老骨头一般的树,
摇晃了一番,又站直了。
它们是那样黑黑的几十棵,
看不清什么树,但它们的时间,
同我们的时间全然两个样。

杨克

非必要

住在一节节细小的竹筒里
我从网上买的几只蟋蟀
随快递长途跋涉而来
它们活在巨大的不确定中
连续好几天靠一片瓜或小虾度日
过着最低需求的基本生活

疫情、酷热、战争
人们蜗居家中
无意间过着临时性的日子
明天的外出，很可能随时取消
或者半道上被截停，住进异地酒店

绿、黄、红灯
定时显示在每一个交叉路口
绿、黄、红码却不按常规出牌

谁也不知那健康码

替自己跑到了哪条道

没有蟋蟀的丝状触角

却要为自己的电子轨迹负责

必要的过客，非必要不速之客

就像我将它们放进草叶和泥土中

让它们非必要地快活

非必要地蹦蹦跳跳，非必要地鸣叫

非必要蹬腿鼓翼

又非必要与自己同伙争斗

人更需求

非必要的旅行

非必要的娱乐，非必要的大吃大喝

非必要的写诗

杨蒙

时间里的故事

时间它不留痕迹
前年的台风
包着它离开
沿岸是人潮
以为能篡改悲剧
最终被悲剧篡改
人是活的
故事是死的
人都走向自己的故事
故事却离开了属于自己的主人

杨庆祥

水像时代来临之前

月亮的潮汐是
紫色。
你如果可以
——如果可以
请多睡一会儿
将身体的开关掌握在
自己手里。

已经没有什么东西
——可以把握了。
你是紫色。
在穿过沼泽地时
也偶尔变蓝

偶尔
想起从手指和手指之间

漏掉的流星

然后，义无反顾

杨廷成

放生羊

那一天阳光明媚
我与你相遇在佑宁寺前
你一直跟着我的步履
穿越了所有的寺院直达山顶

远处的峨博塔上
经幡在秋风中猎猎飘动
你依偎在我的身边
像是寻找到失散多年的兄弟

当我们四目相遇的瞬间
才发现你的眸子里滚动着泪花
我对着幽深的山谷吼一支民谣
竟引来你撕心裂肺的一声哞叫

当你的头撞向我的怀抱时

我们玩起了童年抵角的游戏
此时,山寺中风铃叮
当夕阳正缓缓地落下飘雪的山冈

在人世间我抵不过任何一个人
在羊群里我抵不过任何一只羊
不是我生性如此怯弱
每一次相抵,我的心会痛很久很久

姚辉

晨曦变奏

对晨曦的虚构应慎之又慎
你站在暴虐的正午或
星辰背面　你想描绘的
晨曦可能正在
改变颜色

如果不触及灵魂
所有晨曦都可以虚构
但粘满梦想和血的晨曦
始终与敲打骨头的风有关
——你测试到的痛
或许　正成为一部分
更为重要的晨曦

作为虚构者　谁常常
被要求在晨曦与夕照间

做出选择？背弃
夕照的人越来越多
晨曦被大幅度神化并仍将
代替多种启示

一朵失重的云调整了
晨曦的走势　晨曦里浮现
反复荒废的梦想K线图
向西挪动的孩子
标示出晨曦与道路
古老的距离

而我想虚构的是
一整面与大地
血脉相连的天空——

晨曦可以闲置可以组成
一个闭合的环
那些伸向晨曦的手
逐渐石化

对晨曦的虚构必将
成为一种世袭型职责

一度

短暂

春日的焦虑,并非来自某个孤单
的群体,我已习惯
用一句话,解释另一句话。
用几分钟的静坐
对抗整个下午
甚至整个春天。少有的沉默
被一条破湖,或者一杯末世纪的咖啡
打破。晚宴过后
一场暴雨解释了一地樟树叶
赵勇说:像参加完葬礼的路上。
只有我知道真相
"手无寸铁的樟树子,在脚下
发出紫黑色的嚎叫"
我又难以解释,"喧嚣是一群人的孤独"

荫丽娟

蒲公英

长成了更孤寂。
毛茸茸的，一吹即散
我想春天还是不要到来的好。

世界之大，却没有自己的
一片荒野，可栖
一首诗写完了，会不会带走
人世的空空荡荡。

感谢西风不禁，终有一天
把我的灰烬，也吹来
吹去的。

幽林石子

海子墓前

两棵松高高追溯苍天
那么宁静的怀抱，拥着沉睡的你，海子
这么多年了，草叶上的时光，依然在墓前呜咽
它们从春天开始，发芽，长叶，开花
把灯的青春涌向丰盈的温度

时光的唇吻着不死的你，海子
与你品抿墓前一束束花的茶杯
当星子从你宏大的诗篇里闪过
故乡的日出不敢惊扰深深的梦魇
蹑手蹑脚，在麦尖上发育成了日落

于坚

洛阳

我以为现在提及诸神正当其时　当电梯下降
坠落中的塑料袋在顾客们的背影中喜气洋洋
光芒刺眼　玻璃窗上滑过节日之脸　他们
不再迷信《论语》《诗经》落日和桉树
当他们遗忘了那些已不存在于现实的名
当他们站在灰色的人行道呼叫另一辆出租车
当高铁在漫长的冬天出站驶向伯利恒
我想提及那些遥远而黑暗的汉字书　所指隐匿
笔画活着　在幽暗的洛阳那边　"楼宇巍峨
其宫室也　体象乎天地　经纬乎阴阳　据坤灵
之正位　放太紫之圆方　树中天之华阙
丰冠山之朱堂……"

访波塞冬神庙

那年秋天出境去访波塞冬神庙
大巴车座无虚席　豪华旅游者
崇拜神灵　历史　时间　背着包
刚在旅馆吃了鸡蛋　橙汁和肉肠
心满意足　悄悄地决定不再苟且
花点钱买票　去看看海神的石头
祭坛　各种语言座位挨着　没有
交换意见　心照不宣　平庸到
这个程度　人人握着一个手机　时刻
准备按　司机是希腊人派来的　那时
人们相信大海是一位神　叫波塞冬
太阳也是神　月亮也是　异名同谓
盘古也是　共工也是　嫦娥也是　宙斯
也是　人类对自然的敌意还没开始
诸天赤脚穿着云鞋在山头上走来走去
呼风唤雨　唱歌跳舞　指出种种所爱

它们不是我们　在我们不在之处　在
石头里　在乌鸦中　在河流深处　在
女人们神秘莫测的里面　在老天的
保护下实施保护　一场场祭祀在秋天
雨后举行　宰掉羊　喝掉酒　排着队
在悬崖上转着圆圈　三面环海　左面
是爱琴海　正面是地中海　右面的海
叫作爱奥尼亚　"世界之意义在于
事与愿违"①"小子何莫学乎诗　诗
可以兴　可以观　可以群　可以怨
迩之事父　远之事君　多识鸟兽虫鱼
之名"②起　尽兴吧　波塞冬披头散发
将黄金倒进了深渊　可喜之事运转世界
一切只剩下石头框架　几根多立克圆柱
继续在苍天下高耸　骨子里的东西露出
这样精确　数学跟着几何穿过时间成为
长方形的风　自由即独立"概念是
客观存在的"③对着散落一地的大理石
构件顶礼膜拜　思索其含义　永远不得
其解　趁机摸了一下已经冰凉的远古

---

① "世界之意义在于事与愿违"（哥德尔）。
② "小子何莫学乎诗，诗可以兴，可以观，可以群，可以怨，迩之事父，远之事君，多识鸟兽虫鱼之名"（孔子）。
③ "概念是客观存在的"（哥德尔）。

宇宙涌出荒凉之光　大海在黄昏的门槛
里喧响着　伟大在那儿激荡　每个人都会
得到一个灵魂　如果你有　每个人都拍了
照片　按下快门即刻忘记　不是要证实
出席　只是跟着废墟上的沙滚动了一下
天黑时各团纷纷离开　月亮正在升起
地面看不清楚　高一脚低一脚　失去了
面目　像灰那样走着　进入神庙就是这样
仿佛死去过一次并再生　哦　工匠都是
大力士　他们将巨石垒叠到那么高　在
暴风雨中也不会摇晃　它们　那些
密集的暴君在远方的天空下再次联盟
即将实施另一次无果的打击　走快点啦
谁也没带伞

于潇晗

湖心亭看雪

过了湖心亭,张岱对我说:"潮起潮落"
我最爱的浪子喜欢一片雪落

我们长时间地活着,如同一只寒鸦
或者一只蚂蚁
度着冬天,活着或失去

诗人喜欢饮酒,如一只寒鸦
失足落水终日不归
他在穿越过去时对我说"潮起潮落"
祭一生为此刻的影子

湖心亭在南方的边缘
一个冬天停住了两条船
我把梦里的故事放到鱼肚中
饮酒做伴似夏天为冬天

宇向

泥塑

用泥塑你心
的形状
塑你的肺腑和一点点束缚
塑你的唇和唇
塑冷血。塑你洗过的空胃
以及食道里没有一粒米
齿间没有一丝菜叶
你停止了排泄
塑你生殖器自在
呼吸无起伏
逼真使人相信,你在呼吸
你仍在呼吸

我塑你的手穿过你的皮
指纹追上你的脑褶皱
塑你的手插足你的国土

流动的瞬间,跳动的瞬间,搏动的瞬间,勃动的瞬间
走的瞬间,藏的瞬间,比拟的瞬间。塑你放手的瞬间
像沙漠塑出巨浪
冰霜冻结了士兵。我的手
塑出你漫长的苦修:出于专注
放进了经文和钱币:出于爱
出于爱
我的手塑造了歧途

雨田

烟雨或麦积山

穿过眼前的烟雨　林荫道上的人群和我
便成了礁石　而我真的不该忽略那棵怀旧的古槐
我以为跨过一层层栈道　跨过盘旋在空中的绝壁
就会成为佛　其实这绝唱的洞窟里也暗藏着杀机
对于一个异乡人来说　麦积山有着一种不可告人的坚硬
和孤傲　就像月亮照亮着旷野　山冈与河流

当我用深邃的目光打量着这里的一切时　岁月
也穿行在山山水水间　而此时我的心思并非在这里
但体内的血早已浸入无人知道的深渊　行走在孤峰
我是否能抓住飘在空中的那只风筝　无限的空间
谁的存在让我苦思冥想　我多想让这暗淡的地球
把自己磨成一把锋利的刀　让刀光面对漆黑的人世

烟雨中的我一瞬间多了喜悦　好像也多了些
悲欢和隐忍的苦楚　难道是我的灵魂产生了虚幻……

育邦

钉马掌

他们把那匹枣红马
拴在杉木做成的马掌桩上

反戴遮阳帽的男人抱着马的小腿
穿藏青色夹克的男人端来一盆清水
清洗沾染苔藓与碎石的马蹄

锤子轻轻敲击铁钉
发出清脆的响声
如同轻声哼唱的小曲，汇入
库尔代河欢腾的河谷

马儿打了个响鼻
钉马掌的人直起腰
停顿片刻，抬头看见

山头——堆积着
一年又一年的白雪

Z

臧棣

土星疗法协会

土星疗法已经开始。
宇宙的沉寂刚好可用来
对应内心的觉醒。漫游的光
是最灵敏的扩音器，
有可能，你现在就处在
被扩音的状态；越是皱眉，
侧影就越明媚。只有卡住的黑暗
才意味着每个幽灵都有过
一个不一样的喉结。
被划掉了，但诊断书上
确实有过那样的记录——
寂静是一只正在孵蛋的鸟，
所以，我们才会讨论
寂静才不会上当呢。
巨大的光环一边旋转，
一边发电。多余的电量

曾透过那蓝色的缝隙
传给你,而且持续了很多年。

银貂

耳朵不是特别好使,
幽亮的眼神是两颗已退化
但不时会露出的犬齿;
唯有狂野的嗅觉像浓郁的麝香,
常常令激动的兔子哀叹
假如荒野里缺少法律
原始的景象会堕落到哪一步。

转机源自达·芬奇的天才;
但即使没有达·芬奇,
这美丽的小生灵,也会被揽入
美的怀抱;腹部的雪
紧贴着胸部的雪,天性的一多半
渐渐适应了雪白的起伏
早晚会加密那怀抱中的弧度。

也是在那里，人和动物的
界限已模糊，而宠爱会翻倍；
彼此的呼应充满了罕见的灵性。
因为罕见，所以才可疑。
从异样的抚摩中，它能感觉到
它是她更贴心的情人。
而显赫的公爵不过是

命运的一个影子。
只有她知道，它的警惕里
有一个紧张的嫉妒。
在它和她之间，情感的秘密
甚至更具体，从它们
各自身体里分泌出的雪，
足以令死神羞愧于纯洁的象征。

臧思佳

抱住时间的人
——致敬"中国好人"施艾彤

不张开生命的触角
就称不出时间的体重
不划出引渡的船桨
就摆不走岁月碾出的褶皱
于是
她拉开一片窗帘
为光,选择破土而出的方向
她推开一扇春天
为冬,抱住摇摇欲坠的时间

倒挂的时光,颤抖地摇晃
把天空都摇得垂直插进大地
没有风的穿针引线,去缝合
两块云撕扯出的,天空的伤口
有的,只有双手

为抓牢命悬一线的身躯,恨不得
十指生根,扎进天,扎进地
扎进自己的身体,也要把你举起
有的,只有臂膀
坚持,坚持住,每一根骨骼都在
咬紧牙关,每一个细胞都在
和加油声一起呐喊
有的,只有她
而有了她带来的人间故事
我们就有了故事里美好的人间

每个托举过生命标点的人
都将最暖的诗篇写进脚下的人生
每个在刹那抱住时间的人
都将永远,被时间轻轻拥抱着

扎西才让

年轻的代价

这真的是一头牛里头的靓仔:
头部,除眼圈和两耳
是四轮椭圆形黑斑外,其他部位
皆为白色,真是上天的搭配。

而四条腿,前腿棕色偏黑,
后腿又是和谐的白。躯干部分,
背部是一片棕黄色,腹部
也是一片白,真是上天的搭配。

如此靓仔,却被双杈松树
卡住了骄傲的头颅,进也不得,
退也不得,像极了我那
刚刚踏入社会的红发外甥。

是不是过于年轻就得经受考验?

是不是过于骄傲就得经受敲打?
不,不,其实成长过程中的
种种代价,大多源于自身的血性。

翟永明

去莱斯波斯岛

月已没
七星落
子夜时
我独卧

女友吟此诗时　说
在危险到来之前
在黑夜割破空气之前
在花好月圆变成动荡生活之前
在同类的脚印渐渐稀少之前
我想去莱斯波斯岛

移民去
买房去　或者
从第三方国度
绕行去

我也想——

但不是实体　亲身

而是抚着萨福的羊皮书页

入梦而去

弹琴而去

腾云而去

御剑而去

土遁而去

驾诗而去

分身为二　麻痹的性别

留在原地　活跃的欲望

分裂出去　黯淡的思维

留在原地　自由的呼吸

分裂出去　我去

为了让心代表我的身体

躺在莱斯波斯岛

从脚趾到发尖　享受最纯净的阳光

在萨福的诗行中撒欢穿行

每个字　每个词

都拍散我的全身

去莱斯波斯岛的路

有很多条　可乘船

可飞行　可裸泳

我只选一条：

附着于羊皮纸页

去往蓝色海水簇拥的岛

去探访我们的元诗？元性别？

它们并非匍匐在地

数以兆计的沙粒

形成莱斯波斯岛

白色沙粒内心倨傲

地球由海水组成　也由土地

沙粒无处不在　它们并非匍匐在地

地球由土地组成　也由沙粒

我听见海水拍打

将沙粒拍成坚固的岛屿

我听见：无数白沙缓缓而至

一波又一波　没有终止

虽然被垃圾裹挟着

它们绝非匍匐在地

与莱斯波斯岛共生

与萨福共情

无数白沙缓缓而至

久负盛名和小确幸

久负盛名的出版社
高傲着他们的盛名和头颅
对于作者和读者　他们同样
展开冷漠和遗弃的神情　不再定义

小确幸的出版社并不这样
他们小心翼翼地搜集着数据、流量
掌握着高傲和确幸之间的
细密关系　掌握着亲疏距离

在久负盛名和小确幸出版社之间
徘徊着旧时代的炼金术士
他们在语言的实验室里
摆弄着盛满诗意的瓶瓶罐罐
他们并不知道　窗外
白昼的界限已被突破

这些和那些的规则已变为

凝胶般的无序

世界已被加密而进入虚拟

窗内的炼金术士们

不知道这些　他们还在因一阵风

夭然而笑　又因另一阵风

礼赞荫翳

我手握一摞诗稿　用五年的

举头低头　来应付句法的突袭和暴力

现在　站在十字路口

在小确幸和久负盛名之间

等待红绿灯　嗯、嘘、呵

——突然，纸页、诗、

或曰信息、或曰数据

飞向天空　那里有一个更大的空间

或者　更大的虚无　更大的数据

那里一切都是虚拟

因而最终成为真实

张定浩

异乡记

我们信步走到公园路的时候
已经是夜晚了,
遂看见临街白墙上灼目的情话,
在这异乡,没有人认识我们,
正如当年这里没有人认识她。
爱,是冬日里一袭臃肿的蓝布棉袍,
里面怀藏着宝珠。
作为小说家,从一开始她就知道
事情是怎么样的,但那种体验
仍超出了她的预想,像战争。
而下一轮太平盛世里的人会惊叹
她小说中的荒凉,
视为一种可以模仿的风格,直到
他们自己一点点陷入相似的境遇,
被无形之手所拨弄,
被稀释成惨淡的绝望所围困,

或许才略微懂得那荒凉不过是
一个不确定的时代中必要的火焰,
她在这摇曳的火中面对真,
如济慈面对美,
面对款款走来的夜色。

从一开始她就避免对他有所要求,
也避免承诺,
只是暗暗设想有一天
会千山万水地去找他,
在边远小城昏黄的油灯影里重逢。
而当这个时刻真的来临,
当她去钱庄变卖好金饰,
清晨抱病到火车站,寒雾中踏上
艰险荒凉的旅途,
旧戏中千里寻夫的女子却已暗自
跃身为一个没有维吉尔引导的但丁,
正尝试放弃一切怯懦与猜疑,
独自走进那永劫的人群。
"异乡如梦",这是一个人的一生
只能经历一次的梦,她知道
她小说家的生命将从中受益匪浅,
倘若她能凭着崇高的天才走过

这黑暗的牢狱，能把所有精神生命
都一一看在眼里。

在软弱时她又设想
这颠沛流离的道路也是他所经历过的，
她呼吸的也是他一路呼吸过的空气，
这给了她一些见不得人的慰藉和快乐，
让她能够最终赋予这部作品
一种独特的声音，像冬天干燥的风
凌厉地刮过中国的日夜，
覆盖所遇的一切，
时而又耐心地围绕细小事物旋舞。
光荣属于那些在爱中蒙受羞辱
又能在羞辱中继续去爱的人。
她在山中赶路，陌生人家里借宿，
被迫滞留于乡下，看山看云，
看人们怎么过年，怎么结婚，
看每件平常事情都宛如永生。
后来，她走上一座青石桥，
雨水与河水四面漫过来，
她忽有一种重归"太虚幻境"的不舍，
仿佛就快要和这梦里真切的人生作别。

手稿戛然而止，

似因某人的到访而中断，

但未必就是恨事，

相见欢，而写作都是源自孤寂。

她已能平静地看待他的风流自喜，

困境并非每次都能更新人，

有时只平添肆无忌惮的资本。

她却也不曾后悔这趟旅程，

甚至还有些贪恋，

像是终于走到金色沙漠边缘，

反倒可以扎下帐篷，略做流连；

又像是铁汁沁入灵魂，

会散发一阵子好闻的香气。

她不害怕这种没有结果的爱，

就像不担心这稿子没有写完。

后来她不惜轻掷十年的生命去钻研

另一部没有写完的著作，

去体会另一个困顿孤绝者是如何

在无尽的修改中抵达自己的天才。

《红楼梦》未完，一场恋爱并不是爱，

爱是人生，她喜欢人生。

而我们又是如何走到了这里，

是沿着哪一条古道，
循着什么样的标记，
闯进这座小小的寂寞的城。
在这里相互寻找，各自迷失，
在这里一起经受
绝不屈从于重力的火的燃烧，
并反复练习别离和等待的技艺。
有哲学家认为，时间之所以存在，
就是为了让一切不至于同时发生。
然而，爱和艺术似乎都在感受并渴求
某种无法实现的同时性。
譬如在巴赫的赋格音乐中，
各声部相继被同一主题唤醒之后，
始终无法做到绝对同步，
却也不会完全错失对方，
在时间无涯的荒野里刚巧赶上，
已是多么大的幸运，
但随后依旧有无尽的追逐与逃逸，
有徒劳的召唤和残缺不全的应答，
我们不知道这一切是如何开始的，
也不知道何时会结束，
那些周期性重复的问题
不可能依靠幻想来解决，

它们只是如涟漪般不断扩散
向着天空,
而有一些瞬间,我们会意识到
自己在飞翔,如同置身于
她最喜欢的音乐家所创造的
那个笨重又安宁的世界。

张铎瀚

十一月

十一月是终结的时间之前的时间,气温里
长出洁白的金属叶像猫科猛兽的
长牙。一些松树着火,一些
狱门结冰,剩下的生命跪着
打磨两颗圆滚的冷眼。
我有权拥抱金子,还是神火?安全的
启蒙我不需要。
幸运的是我的身体激越为反击的大师当我的心早已残死。
幸运的是与你相反,我会死。

张二棍

皮影戏

光,让那么多
刀割过的皮,一下子活过来了
一张张皮,就成了一条条命
皮,背着皮逃亡。皮,给皮下跪
皮砍了皮的头。皮,哭着皮的死
终于要演完了,我耳中
皮给皮,喝彩。皮,在鼓掌

张高峰

在兰州

永有未曾述及的世界,值得
我们去承接,去一再为之徘徊

在兰州,我们必须听一听低苦艾乐队
"再不见俯仰的少年 / 格子衬衫一角扬起"
一曲又一曲,九曲盘旋,就像黄河一般
向我们奔跑拥抱而来,落满金黄的羊皮筏子
从天而还,浪朵涌现河谷高天,风中穿行

在兰州,我们必须于相聚的深夜
饮下一杯又一杯烧黄酒,树木驮着满月
落影无声,高悬的马灯相照,诗篇长驻
领着我们走入长街起伏,音乐堆积
永有未曾献上的祝福,值得
我们去劳作,去一再为之祈祷

在兰州，我们必须夜步中山铁桥
百年风雨的沧桑历尽，倾听大河呜咽东去
光波中流动，灯火闪耀，时有水边人燃起了烟花
长风遥远地吹过，回首白塔山，宛若北地的神话
一切都在星象下，转化运行，向歌唱之耳涌来

在兰州，我们必须吃一碗面，喝一碗牛奶醪糟
千里阳光的照耀，与千里风沙的燃烧
盐花般的言语，喉头间凝结。众神也回到了
如此平静的黎明，安然照着黄河，俯仰山灵划远

兰州，兰州，我们都将是黄河故人
听风灵越了千万年而来，我们将在长逝之水里
与自己，与未知相遇，可见的存在，是如此久远而短暂
宛若八鸟朝阳，永远追逐着无尽的灵彩与光焰

张敏华

在人间，月亮不只是月亮

父亲回来时，我正在窗口
出神地看月亮，

月亮在父亲身上投下光，
在我身上投下影。

和父亲一起生活了五十多年，
我像月亮一样变得孤单。

如此多的生死离别，
我不愿接受——

在天堂，月亮就是月亮，
在人间，月亮不只是月亮。

张石然

学车记

仿佛我生来就应该被放置在
这前风挡玻璃的取景框内
降临在一副广东口音下,听从
左转、右转、U型转弯的躯体
仿佛生来我就应该用
油门和刹车叛逆
在细窄如溪的路上刀鱼一样
逆流,为昏乱的城市
划开不服从的口子
我这规合于速度的身体
在平行的隘口外打转
在起伏的高架桥上波澜
跻身于史诗般变迁的车行中
改写我们反复流窜的历史
群山如惊鸟
为有至变换了模样

而我亦如这合金制框架内

的埃及法老王,此时紧紧抱住了

一截浮木,将方向盘熄停

在故事最开始的圆环

张战

在沱江与长江交汇处

你知道一条江里的水有多少层
多少股吗
最底层的水流是最急还是最缓
中间那一层是清还是浊
水总是你挤我，我挤你
像孩子们在狭窄的走廊里用胳膊肘互撑
它的深喉吞进和吐出过多少鱼
有时我看见一条江的幻影从你脸上掠过
光影变化了你脸上的沟壑
有时那条江就在人流汹涌的大街上
我也正在水里
眼睁睁看着水浪拍碎在我头顶
我多希望我能不畏惧
曾有一刻我和你一起站在江岸看水
岸上有人歌唱
漩涡里有温柔的叽咕声

红嘴鸥的身子是融雪的颜色

我希望我的手掌能接住雨燕一触即离的吻

它的脚细得能在针尖上跳舞

一条江就是一股长长的绞缠着的粗绳

但我希望它有时能散开如女人顺滑的长发

这混沌的水啊

哪怕全都清澈

也是各种力相抗相叠

我们着迷于河面的漩涡与洄纹

右边的水急匆匆奔涌前去如义士赴崖

左边却有一支回转来

如汽车在红绿灯前掉头

猛撞上往前奔涌的水圆鼓鼓的肚皮

时时生，时时逝，时时变

是什么把这一切带走

柔软至虚无的江水

无处不是伤口

无处不是缝隙

无处不在愈合

张执浩

每一次告别都是阳关三叠

我妻子完美地继承了
她母亲的待客之道
每一次家里来了客人
她都会耐心奉陪
末了一定会坚持
将客人送出楼道
更早的时候是在香溪河畔
半山腰上,我的丈母娘
总是站在陡峭的路口朝远去的
背影挥手,这情景
像极了当年昭君出塞的情形
云帆高挂,滴水奔流
所谓前程不过是鸡蛋
执意要去碰触石头
明天她就跨入九十大寿了
我的岳母仍然颤巍巍地

站在租来的楼道扶梯上
对着消逝在旋梯里的脚步声
大声喊道：
"慢走啊，再来啊——"
除了这绵长的人世之音
什么也不曾留下
什么也不会带走

月亮越来越远了

月亮越来越远了
科学家给出的数据是
每年离开地球 3.8 厘米
网上有很多人在争论
我上去看了看又下来
今天晚上我仍不放心
又上去看了几眼
月亮还在昨晚的那个位置
两棵水杉之间
一扇通宵不关的窗子
从前我在灯光下做填空题
现如今我在灯光下发呆
严肃的表情里有着
显而易见的空虚

赵汗青

1997年冬，赵汗青致卞之琳

I

我们多么轻巧地成了陌路，之琳。
1997年，那个一切都在纷飞的世纪
终于要驶向终点。而我还躺在摇篮里
混沌着，浑然不知向你
伸出手臂。摇摇，也许我就会抓住
奶瓶、安徒生、床头风铃上的
小马与天使。遥遥，我不知道你还
遥遥地活着，像另一个世纪的遗物，之琳

同样的月光照耀过我们。月光，和
199.7万年前装饰大熊猫的梦一样
装饰着我的梦，却唯独装饰了
你的窗子。记着你的人都死得

差不多了,月光
像一盏灯。你曾
提着它走进汉花园又
提着它走进防空洞,很快也要提着它
走上黄泉路。故人在月坑的阴影里
用雪,递来冬天的日历——大雪日
你和轻咳的日历一样敏感,又和
大雪一样茫然。

冬天,我是被连环画、动物园还有
钙铁锌硒维生素
越堆越高的雪人。而你却在融化着
从大雪,融化成小雪。

Ⅱ

融化成一部漏洞百出的《红楼梦》
最完整的一章叫
《卞之琳焚稿断痴情》
太平洋上的贾宝玉披上雪盖头
一去不回。美玉又在床上卧病,怀着
肺痨般的瑕疵。床脚的火盆
战火纷飞,像一种永不熄灭的 40 年代

我看着你的残稿和

残稿一样的你,有一种

遗孀跪在战后第二年的春天里

捡拾花瓣的平静。很多时候我想

问问你们这些死过的人

是否被文学骗了？就像我,至今仍觉得

文学就是长生不死。每一颗印好的铅字都是

含铅量超标的仙丹——我爱。

我在白天吃夜里吃兑着酒精

也兑着咖啡因吃,有时吃得多了

还会呕出几枚。像蚌

在受伤时呕出珍珠,朝大海托孤仿佛

这才是自己的遗腹子。

III

蚌。你肯定比我更懂它——从肉里挤眼泪

越晶莹便越悬挂。我们把珍珠留下

去她胸口簪花,用唯一拿得出手的骨头

为她招蜂引蝶吧。来吧,给我贝壳

给我一双被割掉声带的翅膀。爱……爱？

爱。我们一直在说爱,不是因为有多爱

而是爱的发音最简单。我们被按在泥里

张嘴,张嘴,想说话的样子看起来如同想飞翔。那么,我们吃下沙子会不会也像吃下了云。

"空灵的白螺壳,你,
孔眼里不留纤尘,
漏到了我的手里
却有一千种感情"①
神秘的白螺壳,我,
孔眼里涛声四起,
我把它捧在耳边
听到了一千种呼唤——
"喂,东海螺?"
两岁时,我站在床上
如是问。那可能,是我第一次
听见你。

---

① 出自卞之琳《白螺壳》(1935年)。

赵丽宏

致未来

你是一个不断临近的神秘的陌生人
你是一个隐匿在云里雾里的幽深谜语
你从哪里向我走来？你是何方神圣？

不要说你离我遥远，其实你很近
推开门，射进屋里的第一缕光芒就是你
打开窗，吹在脸上的第一丝凉风就是你

不要说你离我很近，其实你很远
你是天边起伏缥缈时隐时现的地平线
你永远和我保持着若即若离的关系

此刻，你也许躲藏于一封没有开启的邮件
正在电脑的屏幕上闪烁着诡异的光芒
你是接连响着却还未被接听的电话铃声

你给过我多少梦幻般奇丽的期盼

我曾如蜜蜂面对花海想象你芬芳醉人的甜蜜

如麦粒藏身泥土期待你铺天盖地的金黄收成

你曾在睡梦中向我炫耀天地间所有的华彩

为我演奏比人间交响曲更绮丽悦耳的音乐

仙女们撒着鲜花在伸手可及的云中翩跹飘舞

梦醒时，寒风正敲打着闭锁的门窗

你变成了咆哮焦灼的入侵者迎面扑来

正准备以冬天突降的名义破窗而入

我不想用幻想美化你无法确定的容貌

你曾经一次又一次打碎人们对你的期冀

你善变，你静默，你活泼，你美艳，你狰狞

如果在阴云密布的黄昏迎候你

你拉开夜幕，展示出不见星月的漫漫长夜

你在黑暗中呼喊：等吧，黑夜过去是黎明

如果我是一只奔命于迁徙的大雁

你会轮番转演出绵绵春雨和漫天冬雪

敦促我永无休止地在北方和南方之间飞行

如果我是一片萧瑟秋风中的落叶
你会是无边无际的大地袒露着怀抱
以貌似温厚的沉寂准备陪伴我腐朽成泥

你说,你的抵达,就是历史的终结
如此结论让我生出难以纾解的疑问
历史是过去的存在,是难以摆脱的背影

谁相信世间会有真正终结的历史
我担忧人们曾经憎恶的旧日时光
会披上你的外衣大摇大摆重返现实

历史是过去的背影,是反照现在的镜子
你不就是一个锲而不舍的追求者
让人不断听见你一步步逼近历史的足音

我不迷信预言,我相信真诚和宽容
千百次天花乱坠的预言和许诺
不如一次不动声色的抵达和实现

尽管你没有对我做任何明确的承诺
为什么我还是一次又一次对你选择相信

这份信任,源自发自内心深处的善念

我曾在慵倦疲惫时听见你惊雷般的提醒
也曾在得意忘形时看见你讥诮冷静的眼神
我相信,我们会在适当的时候惊喜邂逅

赵茂宇

英雄

在水漫进房屋之前,空心机器人
已占领一片玉米地。墙上的男人和女人
随恶魔一起显现,阴影正转化水的本质
你写信来,告知我关于药方的可信度
窗外的一切,被放置在一朵兰花上
月光的疗效失去了作用,质子反作用力
在倒立的世界薄如白翼,昨夜
我又梦见石头内部的许多瞎子
他们告诉我许多神谕,便在入睡后死去
我醒来时,机器人已占领我的房间
我想告诉墙上的你,偶尔
我也会成为英雄

赵雪松

在树林里

长时间在树林里行走,
我丢失了姓名,
我就是那枚落叶触地。

我一遍又一遍地
看那些树,那些草,
仿佛在它们身上
有挖掘不完的宝藏。

它们不问为什么地生长着。
不问自己是谁。
就那样枝枝蔓蔓,
也不想成为什么栋梁。

在它们身上,
有一种教诲的力量,

无言地对我说：把心也收了
像鸟儿敛翅归巢。

赵野

读陈子昂

一

五百年来有谁名世，他一声
长长的涕息，直接天人之际

北方的原野永远望不到尽头
乔木苍苍，犹唱麦秀和黍离

茫茫宇宙中我是谁，胜者的
经济学，算不出败者的位置

黄金台远矣，只剩一个传说
青山缄默，凭什么进入青史

他把时空的孤独生生变成了

自己的孤独,眼前更无一人

二

蜀山逶迤,他采集众山之气
建立美的范式,让雷电发生

石狮子患偏头痛,全然不识
风的高蹈,满朝尽南方轻浮

不过一世生命,他其实为了
文明而活,单挑历史的腐朽

制度更要贴心服务,他终究
是你们的野蛮人,煮鹤焚琴

明月添愁啊但明月何在①,唉
我们终需经得起后浪的细读

三

蝉声疏远,秋雨中梧桐凋落

---

① "明月添愁啊但明月何在"语出欧阳江河。

水波拽着竹影,待凤凰栖息

梅花盛开又送走一年,你们
打磨美丽的句子,政治正确

语言的秩序原是帝国的秩序
精准赞颂,每个句号都迷离

他自深入一个传统,与先贤
归去来,写伟大的尘世之诗 [①]

词语滴洒万古愁,年岁迫人
哪儿还有耐心,等时代成熟

四

世界是其所是,我一梦醒来
人天老矣,不分灌木与藤本

满洛阳城玩修辞,谁立其诚
燕子争相登场,混了个脸熟

[①] "伟大的尘世之诗"语出史蒂文斯。

打开一扇门,就等于关上了
另一扇门,对流水得有态度

往昔召回我,翻振雅正之声
汝知道在时间里我决不会输

我开出了新气象,山河变色
眼泪立法,要现实模仿诗歌 [①]

五

世代如落叶 [②],诸夏的气和运
都在一行诗里,俟春风解码

亡灵僭越当下,让诗人流亡
远栖母语中,砥砺深度经验

对七世纪太陌生,他是我的
同路人,哪儿都有着幽州台

我们冲天一哭,只为唤回来

---

① 布罗茨基有句"现实在模仿艺术"。
② "世代如落叶"语出荷马。

一种高古,改变物种的质地

头顶星星一通乱劈柴,涪江
碎叨叨:他的不朽已然足够[①]

赠胡亮

[①] 塔尔科夫斯基有句"我的不朽已然足够"。

郑德宏

水牛图

月光洗涤它脊背上的泥浆。
这湘北平原最古老而庞大的土著
——它卧在槐树底下,
身上落满槐花。即使在这高光时刻,
它也没有停止劳动,
它的上下颌不断咬合,
一条粗长的尾巴不停地抽打自己——
那该死的牛虻!生活的哲学是:
最厚的皮囊,
也被最细小的一根针戳破。

它的劳动场景被人们赞美为热火朝天的
春耕图。
而真实的场景是这样的——
鱼肚白还没挂到天上,
它就和父亲下地了,

那一望无垠的稻田啊,
牛在前,犁在中间,父亲在后,
深一脚,浅一脚,
厚黑的泥土哗哗哗地翻向一边。
天上有人唱——

天苍苍,
野茫茫,
黍稷在望,
我家年年有余粮。

周庆荣

隧道

这复杂的地理,请给我一次直线的抵达。

与从容的散步不同,我可能要实现真正的曲径通幽。

曲,表达有误。

幽,是必须的。

隧道,属于技术。暗度陈仓的技术。

上面,或许是洪水猛兽,或许是泰山压顶。

直线的穿越,仅仅是体内的呼唤吗?

时代的地理也对我提出同样的要求。

从甲地到乙地,从现在到未来,从苦难到幸福,从蹉跎到希望。

隧道,能够战胜这复杂的地理。

是的,我听到深壑那边的山峰上传来了她的歌声。

我确实想为爱唱和。

我想说明的是,正是爱,让我的抵达需要一次直线。

迅雷不及掩耳?隧道,是地面上的道阻且长。

暗暗地,鼓足干劲地穿越。

这地下之旅。

这斩钉截铁的抵达。

周瑟瑟

桂花树下

我在桂花树下
挖掘一口深井
慢慢冒出浑浊的泥水
我在井下挖了很久
父亲在上边叫我
我自顾自吭哧吭哧挖着
完全听不到父亲的喊叫
泉水喷涌而出的夜晚
我爬出了深井
桂花在月光下盛开
天空像一口巨大的深井
月亮渐渐变暗
旷世的爱散布大地
月亮在头顶移动
把父亲吸进了天空
我坐在井沿哭泣

泉水喷涌到脸上

像冰凉的刀子划破眼睛

桂花降落,天地合拢

在细碎的桂花中间

我眼睁睁看着父亲消失

朱
朱

宾夕法尼亚煤镇

是乌云移走，
山冈的鹿群顿住脚步，
瞳孔像从岩画复活。

是被镀亮的门楣，
宣告大楼里
停战协议又一次被遵守。

是海面以下五百米，
被锯的缝仍在黑暗中残留。

是何等忘我的追随
让影子从不腐烂。

当耙草的男人抬起了头，是
他感觉自己积满煤灰的手

才探出矿井——

而太阳从不关心它照耀了什么。

旅馆房间

我母亲的朋友微笑着,微笑着,
若无其事地坐在自己的床沿——
其实她已经告别了所有人,
去了那家谁都会去上一趟的旅馆,
在那里她也这样坐着,但低下了
头,看着诊断书就像看着一张
汽车时刻表并且找出了最近的班次。

至今她还在这里微笑着,她的脸
偏离了古典大师们的构图法,
避让着一束天窗投下的光,
但每次凝望,我仍能不断成长;
她穿上鞋子,拎走行李箱里
那些去地下陪伴她的东西——
留下了我们在苦痛中最缺损的自尊。

茱萸

黎里访吴琼仙遗迹
——兼赠苏野、杜怀超、黄劲松同游

众绿纳窗里,湿烟浮远村。
——赵筠《雨后登写韵楼作》

江南冬月,黎里古镇在细雨中
获得了几分挣脱掌控的轻盈。
泊于河两岸的建筑忒修斯之船般
一艘艘沿街摆开——它们在古老的
石桥与青石板边上重铸了年轻。
廊街蜿蜒向前,用耐心悦纳
四个掉队的人。他们闲谈间
说起一位于两百多年前安静地
生活于此间的闺秀,吴琼仙。
顾炎武好友吴炎的后裔,黎里
名士徐达源之妻,随园老人
袁枚的诗弟子——她通常被

这几个著名男人定义，只有印在
五卷本《写韵楼诗集》里的诗篇
是她自己的。她活了三十六岁，
丈夫在她的身后又活了四十多年。
在廊街某处的路口，我们循着
岔出去的一条幽暗巷道找到了
她的旧居。建筑自然无复当年整齐
与堂皇，甚至不乏一丝颓败气息。
这是徐家老宅吗？还是新婚后
迁入的那所八进大宅的仅存部分？
写韵楼抑或新咏楼……的遗存？
细雨没有提供更多暗示，引我们
到此的那位当代诗人亦只提供了
关于此事的鳞爪。这里如今
依然是某户人家的私宅，但
诗人们不再拥有获邀登楼的荣幸。
昔日的宾朋如枯黄的落叶早已
融入空茫，眼前的湿烟只好苦等
来年或许能应期而来的众绿。
两百年了，没什么人记得
你具体的诗句，包括眼前几位
勉强可算的诗界同仁（近百年
诗体新旧有别俨然男女大防，

这可能是你们始料未及的……)
当然,还有我。我曾胡乱读过几首
你的同乡后生柳弃疾和陈去病;
我曾幻想徐达源如何老去、赵筠
如何因重访你们的旧居而泫然;
我曾……哦不,我却,我却对
你的两个字号印象深刻:子佩,
珊珊。那端正庄严的声音既裹卷着
近古的风,又传来中古的一缕
悠长吟诵:"时闻杂佩声珊珊。"

子非花

独坐之二

那些深入孤木的蝉鸣
那些诱惑
痉挛般掠过某个悬念
八月之尾,深刻而沉醉的夏季
倏然崩断

你截获的一枚钥匙
恰恰是她所忘却的
点点滴滴的过往
火一样反复啃噬
夜晚是不断烧着的影子?

在海之南的密林中穿行
那些纷纭的影像
蝌蚪一样抖动的小场景
一直在向我们内部倾倒——

世间的真实,无非就是蜷缩
把自己蜷缩回一个无限小的壳中
——

所以你漫游着靠近中年
所以你再一次捕捉一枚灿烂的牙齿
从容筛选着时间的空缺